早春恋小路上ル

小手鞠るい

幻冬舎文庫

早春恋小路上ル

早春恋小路上ル　目次

第一話　夢見る金魚

私が喫茶店で働きはじめたのは、十八の春だった。

深いか浅いかわからないけれど、これにはわけがある。

こんなわけである。

時は一九七四年。生まれそだった岡山の田舎町をあとにして、私はあこがれの京都へ出てきた。

乙女は京都をめざす！

京都には、岡山にないものがすべて、あるような気がしていた。岡山に漂っているのが田んぼと土と肥やしの匂いだとすれば、京都のそれは歴史と文学とわびとさびのかおり。

部屋の窓から見えるのは青空のたもとまでつづく緑の海原みたいな水田。そのなかから、まっしろな羽を広げて飛びたっていく白鷺《しらさぎ》。家の裏山はマスカットの畑で、桃太郎の桃がどんぶらこ、どんぶらこと流れてきた川ぞいの町で育った私は、川べりの土手を歩きながらいつもいつも、桜の花びらがはらはらと舞っている京の都にあこがれていた。意味もわからないくせに「みやび」という言葉が好きだった。それに私には幼いころからひそかにあこがれている職業があって、その仕事につくためにはどうしても京都で暮らさなくてはならないと思いこんでいた。

京都をめざした理由はもうひとつあった。中学時代に反体制フォークソングの洗礼を受け、ギターを抱えて歌うフォーク少女だった私は、高校一年生のとき、北山修が書いた「戦争を知らない子供たち」という本を読んで、すっかり彼のファンになってしまった。北山修氏はそのころ京都に住んでいた。私は大学生になったら、北山修が住んでいる「京都へ行く」と心に決めた。京都でなくては私の青春は始まらないと思っていたのである。

「力だめしをするだけじゃ」

私は親にまっかな嘘をついて、同志社大学と立命館大学に願書を送った。両親は私の第一志望は岡山大学で、当然そこに合格するものと無邪気に信じていたようだった。そうは問屋がおろさない。私は高二のときからすでに、私立文系の受験科目だった国語、英語、世界史の三科目しか勉強していなかった。同志社の文学部と立命館の文学部の試験日のあいだにちょうど二日間の空きがあったので、私はその二日間にそれぞれ、同志社と立命館の法学部も受験することにした。下手な鉄砲も四つ撃てば、一発くらいはあたるだろうと考えたのだ。

ふたを開けてみると、さいころの目は同志社の法学部と出た。念には念を入れて、岡山大学の答案用紙は白紙で提出した。そんなことをしなくても、絶対に合格はしなかっただろうけれど。

何も知らない両親は私に浪人をすすめた。

「もう一年がんばって、岡大を受けたらどうじゃ」

と、父は言った。

「そうじゃ、岡大なら家から自転車で通えるし、学費も安いし、下宿代もかからん」

と、母も言った。母の言うことはもっともだった。なぜならうちはそれほど裕福な家ではなかったし、働いているのは父ひとりだったし、私の下にはこれから進学費用が必要になる弟がいた。

でも浪人なんて、とんでもない。そんなことしたら、今までの苦労は水の泡。

私は懸命に両親を説得した。

「学費と家賃だけ払ってくれたら、毎月の生活費は自分で何とかして稼ぐから」

「あんたにできる仕事なんか、京都にあるかなあ」

「もう何でもして、がんばるから。経済的にできるだけはやく自立するようにする」

「まあそこまで言うのなら」

と両親も折れた。

このようにして、私は純粋無垢《むく》な親を騙《だま》し、京都行きの切符を手に入れた。

昭和四十九年の春の日。京都駅に降りたった私を迎えてくれたのは、ゴオオオオーンと地の底から鳴りひびくようなお寺の鐘の音。大きく息を吸いこむと、お線香と墨の香りがした……ような気がした。


アパートは左京区の修学院水川原町《しゅうがくいんみずかわらまち》にあった。

白川通りを北へ、北へと上がったところである。

アパートの裏手には修学院離宮《りきゅう》があった。ちょっと足をのばせば、枯山水《かれさんすい》の庭園で知られる曼殊院《まんしゅいん》や、家康と仲違《なかたが》いをした石川丈山《じょうざん》という文人が隠れすんでいた詩仙堂もあった。芭蕉と蕪村のゆかりの寺である金福寺《こんぷくじ》もあったし、素戔嗚尊《すさのおのみこと》がまつられている鷺森《さぎのもり》神社もあった。散歩の途中で、まがり角をふと曲がって細い路地に入れば、そこにはかならずといっていいほど、だれからも忘れられたような寺や庵《いおり》や神社がひっそりとたたずんでいた。

京都なのである。

アパートの名前は「修学院荘別館」といった。なんだか温泉町の旅館みたいな名前だ。六畳と四畳半のふた部屋にキッチンとお風呂付きのアパート。部屋は二階のはしっこだった。人が上り下りするたびにカンカンと足音の響く、鉄の階段がついていた。家賃は四万円くらいだったと記憶している。

私はそこでひとり暮らしを始めた、と書きたいのだがじつは違う。ルームメイトがいた。高校時代の同級生の並木まどかだった。

まどかも私と同じように京都の大学に合格していたのだけれど、彼女の両親は、だれか女友だちといっしょに住むことを条件に、まどかの京都行きを許したらしかった。それでまどかは私に、いっしょに住まないかと声をかけてくれた。

私も私の両親もその申し出に手ばなしで喜んだ。まどかと暮らしてアパートの家賃を折半《せっぱん》すれば、それだけ経済的な負担が軽くなる。しかもアパートの礼金、敷金、不動産業者に支払う謝礼金、冷蔵庫やテレビなど共同で使う電気製品はすべて、まどかの家で用意するというおまけ付き。まどかのお父さんは開業医だった。

　こんないきさつがあったので、六畳がまどかの部屋、四畳半が私の部屋ということになった。六畳の部屋はベランダに面していて、陽あたりもよく、風通しもよかった。ふすま一枚で仕切られた四畳半には窓もなく、昼間でも薄暗く、キッチンと六畳に挟まれているので、通り道になってしまうような部屋だった。でも私はそんなこと、平気だった。ちっともかまわなかった。


「小手鞠か。あいつなら大丈夫じゃ。心配せんでもええ」

まどかの恋人山本善太郎、通称「ゼンゼン」は、まどかが私とふたりでアパートを借りることにした、と彼に話したときに、そう言ったそうだ。

　まどかとゼンゼンは、まどかが高二のときからつきあいはじめた。ゼンゼンは一学年上だったので、先に高校を卒業し、京都産業大学へと進んだ。で、彼を追いかけてまどかも京都へ出ていくことにしたのである。まどかは京都にある大学、短大をかたっぱしから受験していた。京都にある学校なら、もうどこでもいい、という悲壮な決意だった。ぜんぶ落ちたら着物の着つけを習う専門学校に入る、と言っていた。もちろん、まどかの両親はゼンゼンの存在など知るよしもない。

「ゼンゼンがな、大丈夫じゃ言うてくれたんじゃ」

岡山駅構内の喫茶店の片すみで、ふたり暮らしの話が無事まとまったあと、まどかはバッグのなかからセブンスターを取りだし、マッチで火をつけ、私にさしだしてくれた。

「まあ、るいちゃんも一服せられえ」

煙草を吸うのはそれがはじめてではなかったのだけれど、私はそれまでに何度試しても、まだ一度も煙を胸の奥まで吸いこめずにいた。だから「煙草を吸う」ということが本当はどういうことなのか、知らなかった。

ところがその日、まどかから受けとったセブンスターをくわえて、軽くふっと吸いこんだ瞬間、煙がすーっと胸の奥の奥の方まで流れこんでいったのがわかった。

あ、開通した！

胸につっかえていたものがとれて、煙が通った、そんな感じだった。私はそれからゆっくりと、何かを確かめるように、煙をふーっと吐いた。たったそれだけのことだったのだけれど、うれしくて、うれしくて、たまらなかった。自分が一気に大人になったような気がしていた。

「もう一本、吸うか？」

まどかが私を見てにやりと笑った。

「うん」

私はわくわくしていた。十八歳だった。まだお尻の青いねんねだった。中学、高校と暇さえあれば本ばかり読んでいて、本が恋人で、本当の恋はしたことがなくて、まどかと違ってキスもしたことがなかったのだ。ガキだった。アホだった。だからゼンゼンが言った「大丈夫」の意味もわからなかった。

ゼンゼンの言った「大丈夫」がその後の私の人生を大きく変えてしまうことになろうとは、そのときの私には想像もできないことだった。


それは修学院荘別館で暮らしはじめて、わずか五日後に始まった。

その日、大学からアパートにもどると、花柄のエプロン姿のまどかがキッチンに立っていそいそと何かをつくっていた。一瞬、悪い予感がした。まどかは私をふりかえって、信じられないほど優しい声で言った。

「るいちゃん、おかえり。あのなあ、きょうなあ、ゼンゼンが遊びにきてんの。ここでいっしょにごはん食べていってもええか？」

そう言われてまさか「いけん」とか「いやじゃ」とか「いやや」とか、そんな言葉は私には言えない。言えるはずあらへん、なのである。

「うん、ええよ」

私が答えるのと同時に、奥の六畳の部屋からゼンゼンのしわがれた声が私の名前を呼んだ。

「おう小手鞠、帰ったんか。久しぶりやな。ワシや」

なつかしい声だった。一年ぶりに会うゼンゼンは高校時代にくらべるとぐっと大人っぽく、男っぽくなっていて、友だちの恋人とはいえ、私は妙に緊張し、頬を赤く染めていた。

「ゼンゼン、こんにちは」

ゼンゼンは高校時代、名の知れた不良《ワル》で通っていた。まどかも私も似たようなものだった。スカートの裾を足首のあたりまで長くのばし、ぺっちゃんこの鞄を持って学校へ通った。服装検査がある日にはスカートをウェストのところでくるくる巻いて短くしていた。でも私たち三人が卒業した県立岡山朝日高校は当時、東大や京大や阪大の合格率を全国レベルで競うほどの進学校だった。だからワルと言っても、たかが知れている。喫茶店にたまって煙草をすぱすぱ吸っていても、テーブルの上には参考書や問題集などを広げて、みんなで仲良くお勉強をしていたのである。

　三人で夕ごはんを食べた。まどかがつくったコロッケはおいしかったし、ちょっと薄めのお味噌汁もおいしかったたし、近所の市場《いちば》で買ってきたという京都のしば漬けは文句なくおいしかった。三人で笑いながら食べるごはんは楽しかった。

　そう、ごはんまではすごく楽しかった。

　ごはんが終わったあと、しばらく三人でテレビを見ていた。トランプもしたかもしれない。時間はあっという間に過ぎて十時半か十一時か、そのくらいだったと思う。まどかがちょっとだけ恥ずかしそうに、もじもじしながら、しかしはっきりと私に言った。

「るいちゃん、きょうはもう遅いし、ゼンゼンの下宿ここから遠いし、今晩はゼンゼンに泊まっていってもらってもええか？」

　きゃっ、そんなんありか！　と私は心のなかで思っていたけれど、やっぱり「いけん」も「いやじゃ」も「いやや」も言えない。そんなこと、どうして、言えます？　口が裂けても言えますかいな、の世界なのである。

　それどころかゼンゼンが、

「いや、そんなん小手鞠にわりいから、ワシ帰るわ」

　そう言いながら立ちあがろうとするのを、

「あたしのことなら気にせんといて。大丈夫じゃから。泊まっていって」

と、引きとめたのは私だった。

私、まどか、ゼンゼンの順に、お風呂に入った。翌日からは、私、まどかとゼンゼンがいっしょに、という順番になるのだったが。

ゼンゼンがお風呂からあがって、水のしたたる素足で私の四畳半の部屋に敷いてあるお布団をまたいで、ベッドがどーんと置いてある六畳のまどかの部屋へ入ると、入れかわりに色っぽいネグリジェ姿のまどかが静静とやってきて、部屋の境目にあるふすまをそーっと閉めながらささやいた。

「るいちゃん、おやすみ」

「おやすみ」

それが最初の夜だった。

最初の夜は静かにふけていった。何事も起こらなかった。嵐の前の静けさとはこういうことなのだろうか。

ゼンゼンはその夜を境に、修学院荘別館に住みついた。

三人暮らしが始まったのである。

深夜、ふすまの向こうでひそひそと話しあう声がする。

「わかりゃあせんて。あいつはこういうことには鈍感なんじゃ」

「そんなことないよ。ゼンゼン、やめて」

「わかりゃあせん言うたら。第一あいつ、もう寝とるが」

「寝とりゃあせん、やめて。やめて言うたらやめて。あっゼンゼン、やめて」

まどかの「やめて」がだんだん変化していく。息をひそめた声が、声にならない声に変わり、それがため息に変わっていく。短いため息もあり、長いため息もある。そのあとに、意味ありげな静寂。

ため息。静寂。ため息。静寂。ため息。静寂。

このくりかえしがあって、それからは息と息とのからみあい。もつれあい。苦しそうでもある呼吸音。ベッドがギシギシきしむ音。最後はゼンゼンの押しころしたうめき声。それから深ーいため息と静寂。

誓って言うが、私は決して聞き耳を立てていたわけではない。しかし何しろまどかの部屋と私の部屋を隔てていたのは薄いふすま一枚だった。声は自然に私の耳に入ってくる。私の眠りが浅いときにはその声で目が覚めてしまうこともある。「耳年増《みみどしま》」という言葉はまさにあのころの私のためにあるような言葉だった。

経験こそまだなかったが、セックスがどのようなものであるのか、私はちゃんと知っていた。といっても私の場合には、そのころ浴びるように読んでいた日本文学（吉《よし》行淳之介《ゆきじゅんのすけ》のファンだった）のなかのセックス、つまり、小説に出てくるセックス描写によって、セックスを知っている、ということに過ぎなかった。それにしても、小説のなかに出てくるセックスと、ふすま越しに耳で聞く現実のセックスというのは、なんて異なっていたことだろう。

まどかとゼンゼンは十八歳と十九歳だったから、それはもう毎日でもしたい、という感じで、それはもう水泳部の練習みたいなものだった。

そのようなセックスの一部始終を聞きながら、

「あいつなら大丈夫じゃ」

とゼンゼンが言ったわけが私にはやっとわかった。つまりゼンゼンにとって私とは、たとえ隣の部屋にいてもそれを気にしないでふたりがセックスできる「大丈夫」な存在。あるいは、私という人間は、すぐ隣でふたりがセックスをしていてもとくにそれを気にしない「大丈夫」な存在に違いない、と彼は考えたのだろう。でも私は決して大丈夫なんかではなかった。いつもいつもそれが始まるたびに心臓がどきどきしていた。聞いてはならないものを聞いているという気がしていた。どうしよう、どうしよう、とあせっていた。どうして、私が「どうしよう」とあせらなくてはならないのか。

　けれども、今でも不思議に思うのだけれど、毎晩のように同じ屋根の下、ふすま一枚隔てたところでセックスをされても、私はまどかに対して、いやな気持ちとか怒りの気持ちなどまったく抱《いだ》かなかった。それどころかむしろ、ゼンゼンにせいいっぱい恋をしているまどかのことがいとおしく、まぶしく、うらやましく、そして心配でもあった。無条件でまどかのことが好きだった。

　ふすまの向こうには、私の知らない濃密な世界が広がっているような気がしていた。そしてそれが、楽しいだけのものではなさそうだということにも、私は気づきつつあった。ふすまの向こうから私の耳に届くのはセックスの息づかいだけではなかった。長い時間をかけて、ふたりが言いあらそいをしている夜もあったし、明け方近くになって、まどかのすすり泣く声が聞こえてくることもあった。恋をしているまどかは美しかったが、同時に痛々しくもあった。恋にはせつなさのほかに、愚かなこと、ぶざまなこと、醜いことがつきものなのだ。きっと。そんなふうに私は思っていた。まどかは恋するということがどういうことなのか、身をもって私に教えてくれた。かけがえのない友だちだった。

三人暮らしが始まってしばらくしてから、私は毎晩、銭湯へ行くようになった。アパートにお風呂はついていたけれど、私は三人で夕ごはんを食べたあとにはかならず、

「お風呂屋さんへ行ってくるね」

と、立ちあがった。

私が銭湯へ行っているあいだに、まどかとゼンゼンはするべきことをすましておく。でも、うまく事が運ばない夜もあった。じゅうぶんに時間をつぶしたつもりで部屋にもどっても、そのまっさいちゅう、ということもあったし、喧嘩したふたりが深夜になってから、仲直りのそれを始めることもあった。苦労して私が外で時間をつぶしても、あたりはずれがあったのである。

そんなある夜のことだった。

銭湯からの帰り道、私はいつものように時間をつぶすためにわざと遠まわりしながら、ぶらぶらと散歩していた。いいえ、それは決して散歩とは呼べない代物《しろもの》だった。徘徊《はいかい》だった。私は濡れた髪の毛で、洗面器を抱えてひとり、時間をもてあましながら夜道をうろうろと歩きまわっていた。

その日はなぜか、この遠まわりの徘徊が悲しかった。何があったというわけではな

かったのだけれど、疲れていたのかもしれない、ただ早く部屋にもどってのんびりしたかったのだと思う。でもあまり早く帰りすぎるのはやはり気がひけた。そんな気持ちを抱えてあてもなく歩いていると、情けなくなってきた。

みじめだった。なぜ私は、こんなところで、こんなことをしているのだろう。どこにも帰る場所がない、落ちつけるところがない、自分の居場所がない、そんな気分だった。ひとりぼっちなんだ、という感じでもあった。

そういえば京都にきてから、アパートから一歩外に出ると、私は極端に無口になっていた。京都弁がうまくしゃべれなかったからだ。岡山から京都へ出てくるということは、意外に思われるかもしれないが、日本からアメリカへ行くよりももっと、言葉の変化によるカルチャーショックが大きい。岡山弁と京都弁では、一語一語のアクセント、イントネーションがぜんぜん違うのだ。岡山弁の語尾の「じゃ」を「や」に変えたからといって、正しい関西弁にはならない。私は京都に住んでいた十年のあいだ、つねに人から「おかしな関西弁をしゃべる奴」と思われていたはずである。

若かったあの頃
何も怖くなかった

ただ貴方のやさしさが　怖かった

さっき、お風呂屋さんのなかで流れていた「神田川」の一節が、頭のなかにくりかえしくりかえし浮かんできた。

引っ越ししたいと思いはじめていた。本当の意味での、自分だけの部屋がほしかった。でもまだ京都へ出てきて一ヶ月も過ぎていない。今「引っ越す」と言ったら、岡山の両親はいったいどう思うだろう。まどかの両親は？　三人で暮らしていることを知ったら、両方の親はそれぞれに腰を抜かしてしまうだろう。

でもいつか、どこかへ引っ越したい。そう遠くないうちに。そのためにはまとまったお金がいる。なにしろ京都でアパートを借りるためには最低でも家賃の数ヶ月分くらいの礼金が必要なのだ。当然ながらそのお金はもどってこない。それに私はまだ仕事を見つけていなかった。岡山を出てくるときに、最初の一ヶ月分だけもらった生活費も、そろそろなくなりかけている。なんとかしなくてはいけない。

うしろから一台の白い車がすっと寄ってきて、私のそばで止まった。窓から顔を出した男が私に声をかけた。

「ねえちゃん、ひとりか。茶でも飲みにいかへんか？」

「けっこうです」

「なんやつめたいな。茶くらいつきおうたれや」

私が黙って歩いていると、車は徐行しながらついてきた。

「なあ、どこまで行くんや。送ったるがな」

私は小走りにかけて、細い路地を見つけると、そこに飛びこんだ。そこなら車が入ってこられないだろうと思ったのだ。車がそれ以上追いかけてこないのを確認すると、私はほっとため息をついた。男の車に乗ってしまいそうだった自分が、こわかった。

歩きながら私は自分のことを、水槽から波の荒い海に飛びだしたものの、どこへどう泳いでいったらいいかわからない金魚みたいだと思った。あわれな金魚。田舎から出てきた孤独な金魚。同時に私は、金魚の体のなかでひそかに息づいているひとつの願望を知っていた。それは、

強くなりたい！

という願望だった。

強くなりたい。強くなりたい。でもそのためには、いったいどうすればいいのだろう。どうすれば強くなれるのか、まったくわからなかったけれど、でも強くなりたいとだけ、私は考えていた。それから長く、私が持ちつづけることになる気持ちである。

私の十代、二十代は強くなるためだけについやされたのだから。

どのくらい歩いただろうか。気がついたらいつのまにか、知らない小路に迷いこんでいた。道の先には深い闇に包まれた林が黒黒と広がっていた。神社かお寺の境内《けいだい》なのかもしれない。

大通りまで引きかえそうとしてまがり角を曲がったところに、一軒の喫茶店があった。

私は磁石で引きよせられるように、店の明かりに向かって歩いていった。

「サンルーム」

ライトに照らしだされた看板にはそう書かれていた。

店のガラス窓に一枚の紙が貼られていて、そこに毛筆でこんな言葉が記されていた。

「ウェイトレス募集　夕方から夜まで勤務可能な方」

これだ！　と思った。

突然、暗かった人生にひとすじの光がさしこんできたような気がした。

履歴書は持っていなかったが、洗面器は持っていた。洗面器を抱えて、私はまっすぐにサンルームに入っていった。そしてカウンターのなかにいた女の人に言った。

「あのう、表の貼り紙を見たんですけど」

翌日から、私はそこで働きはじめた。
勤務時間は午後五時から十時まで。夕食付きで時給は四百五十円。
こうして、銭湯帰りの徘徊生活は終わった。
夜のお勤めが始まったのである。

第二話　仁義なき戦い

ウェイトレスの仕事は楽しかった。

仕事って、こんなに楽しいものだったの！　知らないで損した！

そんな気分である。

私はいきいきと働いた。水を得た魚というのはそのころの私のことだった。

仕事といっても、お客がくると、まずグラスにお水を注ぎ、それを持ってテーブルまで注文を聞きにいく。注文を聞いて伝票に書きとり、カウンターのなかにいるルミちゃんに告げる。そのあと、できた飲み物や料理をテーブルまで運ぶ。ただそれだけのことだったのだけれど、それでも私には楽しかった。

いろんなお客がいて、いろんな注文があり、テーブルの上ではじつにいろんな会話がかわされる。仕事のうちあわせ、借金のとりたて、他人の悪口、デート中のカップル、はじめてのデート、別れ話、離婚話、悩み相談。それぞれのテーブルに、それぞれのドラマがある。テーブルとカウンターの間を行き来するだけで、私はショートストーリーの断片を読んでいるような気分になるのだった。

　サンルームは、カウンター席のほかにテーブル席が五つほどのこぢんまりとしたお店だった。経営者は五十代の夫婦で、だんなさんは喫茶店のほかに、別の場所で不動産業を営んでいた。毎日お店に出てくるのは奥さんとその妹で、夕方、私が店に出勤するのと入れ代わりに奥さんは家にもどっていった。あとは妹と私のふたりで店を切り盛りした。

　奥さんの妹はみんなから「ルミちゃん」と呼ばれていた。私が高一だったとき「わたしの城下町」でデビューしたアイドル歌手、小柳ルミ子にとてもよく似ていたからだ。よく似ているというよりも、それはまるで生きうつしといった感じで、彼女自身もそれを意識していたのか、髪型までそっくりにしていた。笑うと八重歯がのぞくところも似ていた。ルミちゃんの年齢はまったくわからなかった。二十代に見える日もあれば、四十代に見える日もあった。常連客は店にくるとたいていカウンター席に座ったが、それはカウンターのなかにいるルミちゃんと話すのがお目当てだった。

毎日、大学の授業が終わると烏丸《からすま》今出川《いまでがわ》からバスに乗って、私はまっすぐにサンルームへと向かった。向かったというよりも「帰った」といった方が、私の気持ちにはぴったりあっていたかもしれない。実際のところ、いつのころからか私はサンルームのドアを開けてなかに入っていくときには、

「ただいま」

と挨拶するようになっていた。ルミちゃんと奥さんも、

「おかえり」

と言って、迎えてくれた。

大学よりも、私はサンルームの仕事の方が何倍も好きだった。大学をやめて店に就職しようかと本気で考えたほどだった。

今はどうなのかわからないけれど、一九七四年当時の同志社大学は私にとって、とてもまじめに勉強ができるような雰囲気の場所ではなかった。

東大紛争が起こったのは一九六八年、私が中一のときだった。中三のときには、九人の赤軍派の学生が日航機よど号乗っとり事件を起こした。高二のときには、連合赤軍メンバーによる浅間山荘事件が勃発した。人質をとって山荘のなかに立てこもったのだ。私はテレビ中継をずっと見ていて、おかげで期末試験は全科目、赤点（40点以

下）だった記憶がある。それからわずか三ヶ月後には、イスラエルのテルアビブ空港で日本人ゲリラ三人が自動小銃を乱射、二十六人の罪もない人々を殺害してしまった。現場で死亡した二人の犯人のうちひとりは私の通っていた高校の卒業生だった。だからこの事件は私にとって、ほかのどの事件よりも身近で、ショッキングだった。翌朝、高校では特別朝礼があり、校長先生は「奥平くんは卓球部に属しており、とてもまじめな生徒でした。罪を憎んで人を憎まずという言葉があります……」と話していた。

このころから学生運動は分裂、衰退、混迷の一途をたどるようになり、内ゲバと呼ばれる無意味な争いがくりかえされるだけになっていた。

私が同志社大学に入学したのはそのような時期だった。

それでもキャンパスを歩けば、ヘルメットをかぶり、タオルで口を覆い、濃いサングラスをかけた学生たちが、竹槍を持ってわけのわからない演習をしている姿を目にすることはできた。そういう学生たちが突然教室になだれこんできて、授業中の先生を追いだし、わけのわからない演説を始めることもあった。実際その演説は、日本語であって日本語ではない言葉でなされているように聞こえたものだった。

そんなとき、私をふくめて教室にいた学生たちのあいだに漂っていたのは、虚無感のようなものだった。いまさら学生運動なんかにのめりこめはしない。思想もないし、主義もないし、主張もない。革命？　アホとちゃうか。過激派？　そんなもんになれますかいな。かといって、学問に情熱を燃やせるわけでもない。軽いノリが好まれる八〇年代もまだおとずれてはいない。はりつめた時代と軽薄な時代のちょうどはざまにあって、どっちつかずで、宙ぶらりんで、不完全燃焼ぎみ、それが七〇年代後半の大学生たちだった。

さらに同志社大学には、私のようにクソまじめに受験勉強をして、地方から出てきた学生をひどく無気力にさせ、失望させる要因があった。

それは同志社中学から高校、大学とエスカレーター式にあがってきた学生たちの存在だった。正確な数字はわからなかったけれど、私の目には、全学生の半分くらいが内部進学者のように見えた。つまりそれくらい多いと感じていたのだ。同志社高校は三校あって、岩倉にある共学の高校は「イワクラ」、男子高校である同志社香里高校は「コーリ」、同志社女子高校は「ジョシ」と呼ばれていた。

内部進学者の大半は帯か着物か織物か、はたまた京菓子か京漬け物か京料理か、とにかくそうした老舗《しにせ》のお坊ちゃま、お嬢ちゃまだった。経済的に恵まれている上、おそらく小学校を卒業して以来、およそ勤勉とか努力とかとはほど遠い生活を送ってきたに違いないから、そもそも大学を勉強する場所などとは思ってもいない。でも、だからといって大学を遊ぶ場所だとも思っていない。同志社大学の遊び人たちと、そんじょそこらの遊び人たちとの違いはここだった。

彼ら、彼女たちはすでに中学、高校時代から、欲しいものはほとんどすべて手に入れていた。車、洋服、靴、各種ブランド製品、宝石、アクセサリー、海外旅行。やりたいこともほとんどすべて経験ずみ。酒、煙草、麻雀、デート、その他もろもろ。だから大学に入って「遊ぼう」と思っても、もう何もすることがないのである。だからみんな、ぞっとするほど気持ちが醒《さ》めていた。何をしていてもどこか投げやりで、大人びていて、すでに悟りを開いているようでさえあった。

私は一度だけ、ノートを貸してもらったお礼にと誘われて、イワクラ出身の男の子に琵琶湖までドライブに連れていってもらったことがあった。断っておくが、それはデートではなかった。それはあくまでもノートのお礼だった。彼はクールに私を誘い、一度きりのドライブだけで、クールに別れた。車を降りようとする私の頬にすばやくキスをするのも忘れなかった。でもそれも、まるでサンルームで出していたエメラルドグリーンの冷たいソーダ水に似て、ひんやりと、クールなものだった。

小林くんという名前だった。彼の口癖を覚えている。それは車にも、麻雀にも、買い物にも、ファッションにも、女の子とのデートにも、どんな遊びにも、もう何もか

もに、

「飽いた」

というのだった。

小林くんは私にとって、別の惑星からやってきた人だった。私はハンドルを握っている彼のクールな横顔を見つめながら思っていた。

こんな人に恋をしたら、泣くだけだ。


サンルームの仕事がすっかり気に入った私は、奥さんに頼んで、授業がはやく終わる日は早い時間から、授業のない日と日曜、祭日には朝から、お店で働かせてもらうことにした。秋学期になってから、大学ではストライキというのが起こって、授業はすべて休講になり、試験はすべてレポート提出に切りかわったので、私はそれをいいことに毎日朝から晩までサンルームで働いた。

働いて、お金をもらうということは、今までに経験したことのない種類の喜びだった。

お金もうけの喜び。それは知ってしまうと癖になりそうな、深く胸底に沈んでいくような、そういう喜びだった。おそらくそれ以後の人生を通して、私がずっと何らかの仕事のとりこになって働きつづけたのは、サンルームで働いて、はじめてもらった給料袋のせいだったと思う。はじめて、茶色の薄い封筒に入ったお給料をもらったときには、現金払いだったので聖徳太子の印刷された重厚な一万円札が何枚か入っていたのだけれど、それを数えながら、私は自分の存在がずしーんと重くなったような不思議な気持ちを味わっていた。決して天に舞いあがりたいような気分ではなかった。喜びが体にじわじわっと染みてくるような、そんな感じだった。

　そのうち、店が混《こ》んできたときには、私もカウンターのなかに入って簡単な飲み物をつくらせてもらえるようになった。カウンターのなかでアイスピックを使って氷を割ったり、コーヒーカップに熱いコーヒーを注いだりしていると、それだけでなんだか自分が急に大人びたように感じられて、誇らしく、私の胸は高鳴るのだった。

　飲み物が上手につくれるようになると、つぎは食べ物のつくり方を教わった。サンルームで出していたのは、

　ミックス・サンドイッチ
　焼きそば
　カレー
　ピラフ

この四品だけだった。私がお店で食べる夕食も、だからほとんどこの四品のくりかえし。でもどれも、おいしかった。働いたあとのごはんはおいしいのである。サンルームで働くようになってからは、修学院荘別館での三人暮らしも前よりうまくいくようになった。

ふすま越しの悩ましいため息に悩まされることもなくなったし、それに、私がくたくたに疲れて仕事からもどると、ふたりはいつも「おつかれさま」とあたたかく迎えてくれ、

「るいちゃん、お風呂にするか。ビールにするか」

「おなか、すいてへんか。何か食べるか？」

などと声をかけてくれるのだ。

なんだかまるで一家のあるじになった気分である。

三人でビールを飲みながら、まどかの部屋のこたつを囲んで、私はその日店で起こった出来事をおもしろおかしく脚色して、ふたりに話して聞かせた。

経営者のだんなさんは、店にはめったに姿を現さなかったが、たまに夜、ゴルフの帰りだと言って店に立ちよることがあった。そんなときにはかならず「ゴルフの景品や」と言って、高価なスカーフとかブラウスとかバッグとかを、ルミちゃんに渡した。

「お義兄《にい》さん、おおきに」

とルミちゃんはうれしそうだった。

私にもおこぼれでTシャツや口紅やハンカチや、ときどき、ハンカチに見えると思ったらパンティだったりするパンティ、これでいったいどこが隠れるのかと思えるようなブラジャーなんかもくれた。

だんなさんはいつも羽ぶりがよさそうだった。でっぷりと太って、額にはうっすらと汗をかき、両手の薬指と中指に、あれでは指が凝るんではないかと思える、でっかい指輪をはめていた。ルミちゃんは彼のことを「お義兄さん」と呼んでいた。そりゃあそうだ。だんなさんはルミちゃんの義理の兄なのだから。だんなさんが店にきた日には、ルミちゃんは彼の車に乗って帰っていった。そりゃあそうだ。ルミちゃんはお姉さんの家に住んでいたのだから。

ゼンゼンは私からその話を聞くと、したり顔で言った。

「その日はそのふたり、まっすぐ家には帰っとらんわな」

「え、なんで？」

まどかと私が口をそろえて聞きかえすと、ゼンゼンは言った。

「ルミ子はおっさんの愛人やからや」

「うそーっ。姉妹なんやで、あのふたりは」

「姉妹でも、そういうことになるのが大人の世界というものなんじゃ。どろどろしとるんじゃ、大人の世界は。だいたい姉妹かどうかも怪しいもんじゃ」

姉妹でないとすると、本妻と愛人の同居ということになるではないか。

私はゼンゼンの解釈を聞きながら、本当に「大人の世界ってすごいんだなあ」と感心していた。いったい何がすごいのか、よくわからないんだけれど、なんか、やっぱり、すごい。ようするに何でもありなんやわ、私はそんなことを思っていた。

翌日から私は店で仕事をしているとき、ルミちゃんが私を見ているときも、見ていないときも、ルミちゃんの顔をじっと見る癖がついてしまって、困った。ルミちゃんの笑顔の底から何か浮かんでくるものがないか、私はルミちゃんの顔をまじまじと見つめた。でも何も浮かんではこなかった。ルミちゃんの化粧が濃かったせいもあるかもしれない。そういえばルミちゃんは、百足《むかで》みたいなつけまつげもつけていたっけ。いつだったか、つけまつげをつけていないルミちゃんの目をはじめて見たときには、たまげてしまった。それは小柳ルミ子とは似ても似つかない、まるで豆鉄砲をくらった鳩のような目だったのだ。

ルミちゃんも奥さんも、私に優しくしてくれた。私のことをまるで娘のように大切

に思ってくれていた。だから、

「るいちゃん、お店にきやはるお客さんとはくれぐれも店の外では会わんようにしてや。つきおうてくれ言われても、本気で相手にしたらあかんのえ。あんたにうちの店で悪い虫でもついてしもたら、岡山のご両親に申し訳が立たへんよってにな」

などと、ときどきふたりから注意された。サンルームで働いていることは、両親には隠してあった。家庭教師をかけもちでやっている、と嘘をついていたのである。


店のすぐ近くに白いマンションが建っていた。五階建てくらいだったと思う。ちょっと小ぶりな感じのマンションだった。

三階の一室に、やくざの一家が住んでいた。

やくざの一家と言っても、ごく普通のおうちである。ご主人と奥さんと子どもがいて、だけど普通のご家庭とちょっとだけ違うところは、ご主人のお友だち、あるいは部下、家来、手下、チンピラ、なんでもいいのだけれど、ようするに若い衆たちがおおぜい、しょっちゅう出たり入ったりしていることだった。

朝一番に、

「冷《レイ》コー三つ、ホット五つ、トースト七つ」

などと電話注文が入って、やくざの家に出前を届けにいくと、前夜からの麻雀がまだつづいているのか、若い男たちが真剣に麻雀をやっていることもあった。テーブルの上にはぎょっとするくらいたくさんのお札が散らばっていた。上半身裸になって、背中の入れ墨をむき出しにしている人もいた。

「ねえちゃん。おおきに。そこへ置いといて。これ、とっとき」

のれんをかき分けて出てきた男は欠けた歯を見せてにっこり笑い、私のエプロンのポケットに千円札を一枚、すばやく押しこんでくれるのだった。

やくざの人たちのなかにはもちろん指をツメている人もいたし、顔に青アザをつくっている人もいたし、紺に白の縦縞のスーツを着て、金のバッジをつけ、派手なネクタイをしめ、白いエナメルの靴を履いている人もいるにはいたけれど、でも、ごく普通の人とどこも変わらない人も多かった。とくにその家の主人、つまりやくざの親分にあたる人など、小柄で、服装も地味で、腰が低くて、ていねいにしゃべり、気さくで、優しくて、人のいいおじさんという感じだった。もしも、親分と町ですれ違ったら、何も知らない人はきっと親分のことを小学校の先生か、市役所の職員だと思っただろう。

この親分、たいそうな読書家で、店にくるときはいつも文芸書の単行本の新刊を小脇に抱えてやってきた。競馬新聞やスポーツ新聞やHな週刊誌など、親分は洟《はな》もひっかけないのだった。私はこの親分から、読みふるした本をよく譲ってもらった。

「るいちゃん、今度出た『かもめのジョナサン』読んだか。あれはええよ。かならず読みや」

「るいちゃん、有吉佐和子の『複合汚染』読んだか。あれはためになるよ。考えさせられる」

しかしときには、マンション周辺になにやら緊迫したムードが漂っていることもあった。黒い車が何台も走ってきては止まり、黒い背広姿の男たちがつぎつぎに降りてきた。

またときには、店の片すみで、兄貴分が若い衆に低ーい声で、くどくどと説教をしていることもあった。

「……さらしやがって……オンドレはそれでも……このガキが……このドアホが……ぬかしやがって……この甲斐性なしが……ションベンたれが……どの面《つら》下げて……なめとんのか……能書きたれやがって……どついたろか……ヤキ入れたろか……いわしてもうたろか……極道モンちゅうのはな……なんじゃ……覚えとけ」

やくざの世界もいろいろとたいへんなのである。

そんなある日、いつものように本を片手にコーヒーを飲みにきた親分が、ルミちゃんがトイレに行っているすきを狙って私においでおいでをした。

「るいちゃん。今度の日曜、空いてるか」

「日曜日はここの仕事があるんですけど」

「休めへんのか」

「理由によっては休めないこともないですけど、何でしょう？」

「うちの矢島がな。るいちゃんといっしょに野球見に行きたい言うてんのや。どや、いっしょに行ってやってくれへんか」

「野球、ですか？」

「そや、甲子園球場でな、阪神・ヤクルト戦のデイゲームやねん。野球見るだけやよって、なんとかつきおうたって。頼むわ」

親分は私に向かって頭を下げた。なんでも親分の話によると、矢島さんは一度でいいから私といっしょに野球を見に行きたい、一度だけでいいから、なんとか親分から私に頼んでもらえないかと、そう言ったというのである。

「な、おいちゃんの顔立てると思うて、頼むわ」

親分はあくまでも真剣な表情をくずさない。

「矢島が何かへんなことしよったら、このおいちゃんが許さへんさかい、るいちゃんはただ矢島といっしょに行って、隣で試合見てるだけでええのや」

「ほんとうに、野球見るだけでええのですか」

「そや、試合見てるだけでええのや。な、な、このとおり、頼むわ」

偉い親分に両手を合わされ、頭を下げられて、なんだかむげに断れない雰囲気になってきた。野球を見るだけならいいか、と思いはじめていた。なんといっても私は阪神ファンだったし、それにいっしょに行くのがあの矢島さんなら、別に心配することもないだろう、と思っていた。

矢島さんの地位はたぶん「兄貴」クラスだったのではないかと思う。親分とは正反対で、大柄な体格、背も高く、顔はハンサムで、目鼻だちがはっきりとしていて、眉が濃く、どこか俳優の安岡力也に似ていると、ルミちゃんや奥さんには人気があった。でもそんな大きな体をしているのに、性格はおとなしく、無口で、恥ずかしがり屋。うぶな青年といった感じ。そこが奥さんやルミちゃんに言わせると、

「母性本能をくすぐるタイプなんやわあ」

となるのだった。

私が「行きます」と言うと、親分は「奥さんとルミちゃんには絶対内緒やで」と念

を押すのを忘れなかった。

日曜日は午後から店を休んで、私は矢島さんといっしょに甲子園球場へ行った。親分が言ったとおり、野球以外のことは何もなかった。電車に乗って球場へ出かけて、ふたり仲良く並んで試合を見て、また電車に乗って京都にもどってきた。矢島さんはふだんから寡黙《かもく》な人だったけれど、そのときも会話らしい会話もほとんどなくて、何か絵に描いた熊とデートしているような気分だった。試合は6対4でヤクルトが勝った。

京都までもどってから、矢島さんが、

「これから寿司でも食いにいこ。おなかすいたやろ」

と誘った。

祇園《ぎおん》でタクシーを降りてからはどこをどう歩いたのか、まったく覚えていない。細い路地をいくつもいくつも曲がり、小さな石橋や木の橋をいくつもわたって、やっと一軒のお寿司屋さんについた。いかにも高級そうなお寿司屋さんだった。店には看板もあがっていなくて、メニューとか値段表とかもなくて、席はカウンターだけ。ご主人がひとり、板前さんがひとりでやっていた。矢島さんは常連客のようだった。

「好きなもん、何でも言うて」

私はおなかがすいていたので、つぎつぎに注文をした。

五分もしないうちに、矢島さんに外から電話がかかってきた。

「ちょっと待っててな」

矢島さんはそう言って席をはずし、店の奥に消えた。

その「ちょっと」はかなり長かった。狭い店で、ほかにお客もいなかったので、矢島さんの声がとぎれとぎれに私の耳に届いた。断片的ではあったけれど、その言葉の切れはしから、どうもお金の話をしているようだと思えた。ときどきものすごく低い声になり、相手と言いあらそっているような口調になったかと思えば、あやまっているようにも、何かを懇願しているようにも聞こえる声になったりした。もしかしたら、野球賭博の話なのかなあ、昼間のゲームの賭《か》け金の清算でもしているのかしらん、などと私はぼんやり考えていた。

そのうち、こんな言葉が漏れてきた。

「大学生はあかんのか」

「どうしてもあかんのか」

「十九やと思うけど」

はっとした。私のことを言われているような気がしたのだ。でもいったい何が、どう「あかん」のか？

それからはお寿司も喉を通らない。

長い電話がやっと終わって、矢島さんはいそいそともどってきた。なんだか落ちつかない感じで、そわそわしている。そして、私のそばに腰かけるといきなり、

「きょうはこれで車拾うて家までもどり。ほんまに、きょうはおおきにな」

そう言いながら、矢島さんは突然、両手で、私の右手をつかんだ。矢島さんの指は太く、手のひらはまるで熊手のように大きく、ごつごつしていて、そんな両手にがっしりとつかまれて、私の心臓は縮みあがった。でもすぐに、矢島さんは私の手を握ろうとしたのではなくて、私の手に何かを無理やり握らせようとして、つかんだのだとわかった。私の手に押しつけられたのはお札だった。一万円札だ。よく見ると、二枚もある。

「車代や」

「こんなん多すぎます。それにあたし、バスで帰りますから」

私はあわててお札を矢島さんに押しかえした。

「なに言うてるねん、バスなんか、そんなもんもうあらへん。ええから早《はよ》うこれで帰

り」

おとなしい矢島さんがいつになく強い口調で言った。まるで肩を押されるようにして、私は店を出た。

アパートにもどってから、一部始終をゼンゼンとまどかに話した。

ゼンゼンの分析はこうだった。

「それはな、おまえを雄琴《おごと》かどっかに売りとばそうとしとったんやで。野球賭博で失敗でもして、それでその代わりにな。寿司屋はおそらくその仲介屋や」

「ああ、こわ！　るいちゃん、あんた、売り飛ばされる一歩手前まで行っとったんやで」

真相は不明である。

でもひとつだけ、ゼンゼンの話を裏付けるようなことがあったと言えば、あった。思いだしてみると、矢島さんに電話がかかってきたとき、店のご主人はその場にいなかった。電話が終わるまで、姿がなかった。どうもあの電話は、店の主人がどこか別の場所から矢島さんにかけていた、そんな気がするのである。だからどうだ、と言われたらそれまでなのだけれど。でも「大学生はあかんのか」と言った矢島さんの声にはどこかせっぱつまった響きがあった、ような気がした。やはり私はお寿司屋さんで値踏みをされていたのかもしれない。交渉が成立したら、私のその後の人生はどうなっていたのだろう。なんだか「売り飛ばされる」という過程を経験してみたかった気もするのだけれど。

翌日、店に出勤すると、親分も矢島さんもまるで何ごともなかったような顔をして、それぞれ昼過ぎと三時ごろにコーヒーを飲みにきた。ふたりとも、野球のことも、お寿司屋さんのことも、何も言わない。

親分は親分で、

「るいちゃん、林京子の『祭りの場』読んだか。あれええよ。芥川賞や、絶対読みや」

と、目をきらきらさせて屈託がないし、矢島さんは矢島さんであいかわらずうつむき加減で、いつものようにはにかみがちで、私と目をあわせようともしない。前の夜、私の手をぎゅっと握って、私にお札を握らせたことなど、まるで知りません、関係ありません、と言いたげだった。

まったく人間というのは、社会というのは、外から見ただけでは何もわからないものなんだなあ、と、私はそんなことを思っていた。客商売という仕事は、そういう貴重なことを教えてくれる仕事なのである。

サンルームの仕事は大学二年生の夏休み前までつづけた。やめなくてはならなくなったときには、悲しかった。

「おまえなあ、喫茶のウェイトレスなんか、はよ言うたら水商売やんけ。おそ言うてもな。結婚前の娘が水商売なんかやっててどないするねん。やめてしまえ、あんな店」

私はやっとできた恋人にそう言われて、泣く泣くサンルームをやめたのだった。

第三話　存在の耐えられない軽さ

京都で迎えるはじめての冬がやってきた。

ご存じのように京の町は周囲を山に囲まれた盆地のなかにある。そこへ比叡山《ひえいざん》から冷たい北風が容赦なく吹きこんでくる。「比叡おろし」と呼ばれる風である。冬になると京都の町はこの比叡おろしの吹きだまりになってしまう。だから京都の冬は底冷えがきつい。

しんしんと冷える。そんなやわなものではない。

じんじんと冷える。これでもまだ足りない。

びりびりと冷える。これである。足もとから寒さが電流のように這《は》い上がってくるのだ。京都の人には、形容詞をふたつ重ねて使う癖があって「寒い」は「寒い寒い」となるのだが、京都の冬はそれをさらに二乗して「寒い寒い寒い寒い」と言いたくなる。

そんな冬の日。

まどかがいつものように家賃を払いに、近くに住んでいる大家さんの家をたずねたところ、大家さんはこんなことを言った。

「このごろ、なんや知らんけど、おうちらのお部屋にいっつもおかしな男はんが出入りしてる言うて、アパートの人らがみな心配してはりますのや。うちは別にかめへんけど、ご近所の人らがそない言わはるので、ま、ちょっと心配になりましたのや。最初のお約束ではふたりの学生さんに貸すいうことやったわけどすし、そこに三人住んではるとなると、これは契約に反するいうことでもありますし……」

はやい話が、追いだし勧告である。「出ていけ」と言っているのである。

いつかこんな日がくるとは思っていたけれど。

私たちはあわてて引っ越しをした。まどかとゼンゼンは、まどかがもっとにぎやかな場所で暮らしたいというので、四条大宮に引っ越しをし、私はサンルームの経営者のだんなさんの紹介で、北山通りに面して建っているアパート、北山荘に引っ越しをした。北山荘の大家さんはだんなさんの知りあいのようだった。

ある京都の観光ガイドブック（九〇年代に出版）によると、この北山通り、

「京の原宿と呼ばれるおしゃれなストリート」

などと記されている。通りを歩けばおしゃれなブティック、かわいいケーキ屋さん、エレガントなフランス料理店などが点々とある……らしいのである。

でも、私が北山荘に住んでいたころは何もなかった。おしゃれなんて、とんでもない。私が住んでいたころはそのあたりはまさに京都のド田舎で、アパートのまわりには田んぼや野菜畑が広がり、家はぽつぽつとまばらに建っているだけ、それはもうみごとなまでに何もないところだった。岡山の田舎にも負けないくらいにのどか、といえばのどかなところだったけれど、夜になるとどこもかしこもまっ暗闇で、ひとりで暮らすにはさびしすぎる場所だった。

それに北山荘ははっきり言って、いいえ、はっきり言わなくてもボロボロだった。木造平屋建てのアパートで、六畳ひとまに三畳ほどの台所付き。お風呂なし。六畳の窓を開けるとすぐ目の前にはブロック塀がそびえていて、塀の外は北山通り。だから北山通りを車が通るたびに、私の部屋のガラス窓はびいいいーん、びいいいーん、と響くのだった。それを聞くともなく聞いているひとりぼっちの夜など、わけもなくさびしくて、涙がこぼれそうだった。冬はすきま風が吹きこんできて、寒い。でも贅沢は言えない。サンルームのだんなさんの口利きで礼金はなしにしてもらったのだから。

私は北山荘でおよそ一年ほど暮らした。

大学二年生の夏休み。

私は岡山へはもどらず、京都に残って仕事をすることにした。

勤務先は府立総合資料館。アパートから歩いて一分のところにあった。というよりも、北山荘を出て、北山通りをわたれば、そこに資料館の玄関があったのである。勤務時間は午前八時半から五時まで。資料館の前を通りかかったとき、掲示板に貼りだされていた求人広告を見つけて応募し、夏休みのあいだだけという約束で採用された。

私は本当はサンルームで働きつづけていたかったし、奥さんやルミちゃんもそのことを期待してくれていた。でも、私は増田さんにしつこく、しつこく、説教をされて、ついにそれに負けてしまったのだ。

増田さんとはサンルームで知りあった。彼は常連のお客だった。知りあった当時、増田さんは京都学園大学という大学の四年生だった。でも、大学へはもう顔を出さなくても卒業できることが決まっていたので、毎日、竹勝商店という会社で働いていた。

竹勝商店は竹衣桁《たけいこう》（着物や反物を掛けるために、細い竹を鳥居のように組んである装置）の貸しだしと、着物や帯の展示会場の設置とあとかたづけを請けおう会社だった。増田さんの仕事はトラックの荷台いっぱいに竹衣桁を積んで、展示会場まで配達し、それを降ろして、会場の設置をすること。あとかたづけはその逆。展示会場は京都だけではなくて、大阪、神戸、奈良、ときどき姫路なんかもあった。泊まりがけの出張、深夜残業、早朝出勤、どんなにきつい仕事でも彼は率先して引きうけていた。

増田さんのお父さんは魚屋を経営していた。

「このごろはな、魚が公害に汚染されてるいうて、さっぱり売れへんのやんけ。商売あがったりで、借金だけがぎょうさんあるのや」

一家をささえるために、彼は働いていた。一家といってもお姉さんはすでに嫁いでいたから、両親を養い、借金を返すために働いていたということになる。

出会ったばかりのころ、彼の右腕だけがものすごく日に焼けているので、そのわけをたずねたら、クーラーのきかないトラックの窓を開けはなして、窓から右腕を出して長距離を走るので焼ける、と言っていた。

私が大学二年生になったとき、増田さんは竹勝商店に正式に就職した。

増田さんとつきあっていることはもちろん、奥さんやルミちゃんには内緒にしていた。

会うたびごとに、サンルームをやめろ、と増田さんは言った。しつこくて、うるさ

かった。彼によると、喫茶店でウェイトレスなんかをしている女は、
尻が軽くて、身持ちの悪い女だ、という感じがする。

だれにでもやらせる女だ、という印象を与える。

いかにもくずれている、だらしがない女だ、というイメージがある。

というのである。ものすごい偏見だと思う。まことに勝手な言いぐさだと思う。でも彼はそう思うのだから仕方がない。今ではむしろ清純なイメージさえあるウェイトレスも、そのころの男の認識はこんなにひどいものだった。私がなかなかやめないでいると、しまいには、

「やめへんのやったら、俺らはもう終わりや」

とまで言いだす。私は増田さんのことがとても好きだったし、当然だけれど、終わりにしたくはなかった。

「店をとるか俺をとるか、どっちかにしてくれや」

私は観念し、増田さんをとることにした。

彼とつきあっている約三年のあいだ、私はその「像」につねに苦しめられることになるのだが、増田さんには「女とはこうあらねばならない」という、動かしがたい理想像があった。私に言わせたらそんな女性、この地球上、どこをさがしてもいるはず

はないし、どんなにがんばったって、だれも増田さんの理想の女にはなれっこないのだけれど、でも彼は本気でそういう女性を希求していたし、私がその理想像にすこしでも近づけるよう、努力することを求めていた。サンルームをやめたのはむなしい努力の第一歩だった。

府立総合資料館で私に与えられた仕事は午前と午後にわけて、ふたつあった。

まず午前の部。これはコピーの機械とお友だちになること。

コピーが必要になった職員はまず葉書くらいの大きさの用紙に必要事項を記入する。コピーの枚数、書類の内容、コピーするのが本であれば本のタイトルと何ページを何枚か、コピーの目的、依頼者の部署、依頼年月日、氏名、そして上司の印鑑。ああ、しんど。こんな書類をいちいち書いて、上司の印鑑をもらっている暇があったら、その間にさっさとコピーの機械の前に行って、ボタンを押せばそれでコピーは終わっているだろう、と私なんかは思ったものだけれど、でも一九七五年の資料館では、とにかくこの手続きを経ないと、コピーはとれなかった。たった一枚のコピーでも、だ。で、職員はコピーしたい書類にその用紙を添えて私のところに持ってくる。私はコピーをとる。コピーをとったら依頼者のデスクまで届けにいく。

これが私の仕事である。

私の席は、だからコピーの機械のすぐそばにあった。

しかし、コピーとりはそれほどひっきりなしにあるわけではない。依頼があっても、よほど複雑で大量のコピーでもないかぎり、すぐに終わってしまう。

では依頼がないときは何をするのか？

コピー用紙に愛をささやく。嘘ではない。両手で何枚かの紙をまとめて持ち、机の上に立てて、そこに「ふーっ、ふーっ、ふーっ」と熱い息を吹きかけるのである。資料館にあったコピーの機械は、この息の吹きかけを怠ると、「あたし、もういやっ」と紙づまりを起こした。だから「いい子いい子」と優しく優しく、愛をささやくように、紙に息を吹きかけてやらないといけなかった……。

私にはこの息の吹きかけの仕事は、苦痛だった。なぜなら、私がいた事務所のなかはいつもしーんと静まりかえっていたからだ。職員の数ははっきり覚えていないけれど、二十人か三十人か、いやもっといたかもしれない。でもだれも私語はしないし、電話もそれほどかかってはこないし、本当に本当に静かだった。みんないったいどんな仕事をしていたのだろう。それは謎だ。とにかく物音というものがしないのだ。たとえばだれかが鉛筆を一本、床に落としでもすれば、その音はまるで鹿《しし》おどしのように事務所中に響きわたった。そんな静かな部屋のなかで、紙に息を吹きかける作業は、これは至難の業《わざ》だった。

だからごくまれに「本一冊全部」というような、時間のかかるコピーの依頼がくると、私は救われたような気分になった。

十二時になると、小学校の教室みたいにチャイムが鳴った。それから一時間のお昼休みがある。私はチャイムが鳴るとうれしくて、うれしくて、子犬みたいに外に飛びだしていった。

お昼はアパートにもどって部屋で食事をした。それから近くの植物園に散歩に出かけた。この植物園のなかにある薔薇園が、私は大好きだった。薔薇園のベンチに腰かけてぼーっとしていると、まだ行ったこともない、ヨーロッパの町にいるような気分になることができた。

あるとき、たまたま十二時ちょっと前にコピーの依頼があったので、そのまま事務所に残ってコピーをとっていたことがあった。それで私は気づいたのだけれど、職員たちはみんなお昼休みでもやはり静かーに過ごしていた。お弁当を食べながらしゃべっている人もいるにはいたけれど、その声はひそひそ声、内緒の声に近いものだった。

さて午後の部。やっと静かーな事務室から解放されて、図書閲覧室へと向かう。

そこには本がいっぱい。来館者もいっぱい。にぎやか！

なはずなのだがやはりここも静かである。閲覧者は館内での私語を禁止されていたから。図書館だから、当然といえば当然なのだけれど。

ここでの私の仕事は図書の整理。本がちゃんと順番通りに並んでいるかどうか、本の背の一番下に貼られている小さなラベルを見ながら、棚のすみからすみまでチェックし、順番が入れかわっていたらもとにもどす。それが一通り終わると、貸し出しからもどってきた本が並んでいるワゴンを押しながら、それらの本を正しい位置にもどしていく。

子どものころから本の虫で、学校の図書館にはいつも入りびたっていた私だったから、この仕事、楽しいはずだった。面接のときにも、午後の仕事は本の整理、と言われていて、私は楽しみにしていたのだ。

でも実際にやってみると、これはぜんぜん楽しくなかった。

仕事の初日に、私のボスにあたる男性、目つきも顔つきも狐にそっくりだったので私はひそかに「おきつね様」と呼んでいたのだが、彼は細い目で私を見すえながらさらりと、しかしするどく、こう言った。

「本は整理するだけ。勤務時間中には読まんようにしてください」

　これはけっこうつらいお達しだった。別に仕事をしながら本を読みたいと思ったわけではなかったのだけれど、「あ、これ！」と思うような本があったら、せめて本を開けて、ぱらぱらっとなかを見るくらい、許してくれてもいいのではないかと思った。でもそれもしてはいけないと言われた。

　本が目の前にこんなにたくさんあるのに、それを読むことも開くこともできない、というのはかなりの苦行である。もちろん、四六時中監視の目が光っていたわけではなかったから、おきつね様がいないときを見はからって、こっそり斜め読みをしたりはしたけれど。でもあたりをうかがいながら、こっそり本を開くというのは、やってみると悲しいものなのだ。

　本の整理は慣れてしまえば退屈な作業である。それにはっきり言って、してもしなくても、だれにもそれほどわかりはしない仕事なのである。

「×××全集」の一巻と二巻のあいだに四巻がはさまっているのをもとにもどす。

「史記七　列伝三」の隣に「史記一　本紀」が並んでいるのを見つけてもとにもどす。

　しかし、たとえ順番が多少違っていても、それは私の整理ができていないのではなくて、整理したあとで、だれかがまたおかしなところに入れたとも受けとれる。つまり私の仕事など、してもしなくてもいい仕事ではないか。私なんか、いてもいなくてもいい存在ではないか。「存在の耐えられない軽さ」である。おまけにこの仕事、あまり忙しくもない。まるで時間をつぶすだけが私の仕事のようなのである。

資料館で働くことにした、と私が増田さんに言ったときの彼のうれしそうな顔といったらなかった。

「そら、ええ仕事やんけ。あんな水商売よりも百倍もええ仕事や」

はたして百倍も、どこが良いのだろう？

そうこうしているうちに、しだいに本を本とも思わなくなるというか、実際のところ、なかみを読めないのだから、それはもう私にとって本ではない、ただの紙の束とも言えるのだけれど、くりかえしくりかえし、整理だけをしていると、なんだか本に対する愛情が磨耗《まもう》していくようで、つらかった。

そのうち、私はあるアイデアを思いついて、それを実践にうつした。閲覧者が本を見て、それを自分で棚にもどしにいった直後をねらって、きちんともどされているかどうか、チェックに行くのである。ちゃんともどしている人もいれば、もうめちゃくちゃにもどしている人もいる。でもそんなことをしても、別に楽しいわけではない。よけいにむなしくなるだけだと気づいて、やめてしまった。

午前中のコピーと午後の本整理。どっちが好きか？　とたずねられたら、私は答えに詰まってしまう。吐きそうになってしまう。マヨネーズか生卵のどちらかをごはんにかけて食べろ、と言われているようだ（私は両方共、嫌い）。

岡山の父に手紙を書いて、資料館で仕事をしていますが、退屈です、と伝えたとき、父からかえってきた返事にこんなことが書かれていた。

「お役所づとめには三つの鉄則というのがあります。それは遅れず・休まず・働かずというのです」

この言葉には妙に納得させられた。それにしても職場で上手に「働かず」の状態でいるのはなんて難しいことだろう！

午後五時。ふたたびチャイムが鳴りひびき、まるで刑務所から出所するような気持ちで、私は灰色のコンクリートの建物から娑婆《しゃば》へと飛びだす。ごくまれに、仕事がはやく終わったか、あるいはキャンセルになったかして、増田さんのトラックが通りに停まっていることがあって、それを発見する瞬間は至福の時だった。

私は野うさぎのように駆けていって、トラックの助手席に乗りこむ。

「どやった、仕事は？」

「退屈で死にそう。頭がみみずになった気がする」

「まあ、そう言わんと辛抱せんかいや。世の中、楽しい仕事ばかりがあるのと違います。つまらん仕事でも、働かせていただいて、おおきにという感謝の気持ちで、精一杯きばらなあかん。さ、労働のあとはお好み焼きでも食いにいこか」

「賛成！」

お好み焼きのひとことで、いっぺんに元気になる私だった。

そのころの私たちの行きつけの店は「ジャンボ」という名前のお好み焼き屋さんで、そこでは文字通りジャンボなお好み焼きを出していた。

小麦粉をダシでといたもの、キャベツ、ねぎ、紅生姜《べにしょうが》、天かす、干しえびなどが入っているのは、ステンレス製のかなり大きなお鍋である。卵は四個も入っている。お客は鍋の取っ手を持って、なかみをかきまぜながら、店のおばちゃんが席まできてくれるのを待つ。おばちゃんはそれぞれの席をまわりながら、鉄板の上に鍋のなかみを敷いていく。お客はそれからひたすら焼けるのを待つ。

しばらくするとおばちゃんは手にでっかい団扇《うちわ》みたいなもの（ちりとりにも見えたが）を持ってやってきて、ばーんとひっくりかえしてくれる。何しろジャンボサイズなので、お客は自分でひっくりかえすことができないのだ。

席には小皿とか割り箸とかそういうものは置かれていない。ぁつつつつ、ふはふはと言いながら、鉄板から直接、コテで切りとって食べるのである。

増田さんが連れていってくれる店は間違ってもフランス料理店やイタリア料理店ではなかった。上品な京料理店でもなかった。ラーメン屋、うどん屋、定食屋、回転寿司屋、居酒屋、餃子の王将、安くて、ボリュームがあって、ちょっと汚くて、でも店の外に人が並んでいるほど混んでいる店ばかりだった。

ジャンボなお好み焼きでおなかがいっぱいになって、比叡山までドライブをして、アパートに送ってもらって、別れぎわに車のなかでキスをしているころには、資料館の仕事、しゃあないな、明日もいっちょうがんばるか、という気になっている。

増田さんという人は同志社にうじゃうじゃいたクールな遊び人の、まさに対極にあるような男だった。人情があつく、太っ腹で、世話好きで、豪快に笑い、たくましかった。そしてこわいくらいに優しい人だった。たくましさにひかれたのか、優しさにひかれたのか、それはわからない。自分の稼いだお金で遊び、浴びるように酒を飲んでいた。お金はけっこう稼いでいるはずなのに、家に入れているせいと、湯水のように散財するせいで、いつも「貧乏、金なしや」と言っていた。ときどき、私には不似合いな高価な物を買ってくれた。いらんと言っているのに、神戸のガード下で見つけたと言って、フェイクの毛皮を誕生日にプレゼントしてくれたりした。男友だちがいっぱいいた。大学の後輩からも職場の人たちからも慕われていた。名前の剛造の剛をとって「ごうやん」と呼ばれていたが、私は最後まで剛やんとは呼べず、増田さんと呼んでいた。

「地の果て」というのが彼の口癖だった。

「増田さんの大学、どこにあるの」

と聞いても、

「きょうの仕事、どこであるの」

と聞いても、

「これからどこに行くの」

と聞いても、答えはいつも「地の果てやんけ」だった。

大学は出たものの、本なんかまるで読んだこともないというような人。

「俺な、一定以上の分量の文字見ると、頭いとうなるねん」

と、言っていた。

まどかは私に言ったものだった。

「ほんまにるいちゃん、あんな男のどこがええの。るいちゃんの趣味とはぜんぜん違うやないの。あんたはどっちかいうと、インテリタイプで、小説家志望の文学青年タイプが好きやったんと違うの。あんな猪みたいな男のどこがええの」

世界中のだれに、なんと言われても、好きなものは好きなのである。

恋に落ちる。

という言葉がある。一九七五年にその言葉があったかどうか、さだかではないけれど、私は恋に落ちるという言葉ほど、一九七五年の私をよく表している言葉はほかにないと思う。

増田さんの、たくましいところ、太っ腹なところが好きだった。男気のある性格が好きだった。たくましいけれど、優しいところが好きだった、と、説明するのは簡単だ。でもそれは結局、あとで彼のことを思いだしている私があれこれ勝手に説明を加えているに過ぎない。いったい彼のどこに惹かれたのか、そういう質問は当時の私には何の意味ももたないものだった。説明や理由づけはぜんぶあとからくるものだ。私が増田さんを好きになったその瞬間というのはただの瞬間であって、そこには理由もなく、理屈もなく、ただ恋に落ちたに過ぎない。そう、私はただ、ストンと穴にはまるように落ちてしまったのである。

十九歳の恋は純情だった。打算もなく、かけひきもなく、将来のことをあれこれ考えたり、迷ったり、おもんぱかったりもしない。相手はどういう考え方をもった人なのか、どこがどう好きなのか、そういうことに思いをはせつつ、熟成させていく恋愛はもっとずっとあとのことだ、私の場合。

だから増田さんが半分冗談であったにしても、同僚の男友だちとの会話のなかで

(もちろん、そばには私がいるのであるが)、

「俺なあ、一生に一ぺんだけでええから黒人の女とやってみたいのやんけ」

とか、

「あのおなご、どえらいイケズやで。みなで一ぺんまわしたろけ」

(訳・あの女、めちゃくちゃ性格が悪いぜ。みんなで一度レイプしてやろうか)

などと、たとえばアメリカのフェミニストたちの耳に入ったら即座に火あぶりの刑になりそうな発言をしても、あるいは、発言だけではなくて「飲む、打つ、買う」の「買う」を彼が実際にやっていると知っても、私は不愉快になり、怒り、許せない！と思うのだけれど、でも結局、最後は許してしまう。やっぱり彼が好きで好きでたまらないのだった。

自分でも信じられないのだけれど、恋に落ちるとは、そういうことなんだと思う。

北山荘からさらに北のほうに上がったところに、深泥池《みどろがいけ》という池があった。昼間で

も黒黒とした池だった。ここには京都名物のジュンサイが生えていると言われていた。池のなかには土の島があって、草木も眠る丑《うし》三つどきになるとその島がずずっずずっと動く、と言われていた。この池にあやまって落ちた車やバイクや人間は二度と浮かんでこないし、夜、池のそばを歩いていると池のなかから手が伸びてきて、その人の足をひっぱって池に引きずりこんでしまう、とも言われていた。ようするに、恐ろしい妖怪が棲んでいる底なしの池だったのである。

この池のそばで、私はファーストキスをした。

増田さんはドライブの帰りに、深泥池のそばに車を停め、怪談話をしてさんざん私を恐がらせたあとで、急に運転席から身を乗りだして私を抱きしめ、キスをした。私はといえばキスそのものよりも、キスが終わったあとの彼の言葉、そのひとことにしびれてしまった。彼はキスのあと、私の耳もとに息を吹きかけるようにして、こうささやいた。

「これでおまえは俺の女や」

私のかえした言葉は「！」だった。

「…………」だったかもしれない。

今の私、二十代の私、あるいは三十代の私が同じ言葉をささやかれたとしたら、どんなふうに受けとめただろうか、どんな言葉をかえすのだろうか、それはわからない。ささやかれてみないと。でも十九歳の私はその言葉をごく真剣に、真摯《しんし》に受けとめた。私は思っていた。そうか、わたしは、この人の女なんだ、と。


夏は終わった。

コピー用紙への息の吹きかけは終わった。

おきつね様の視線に監視された、本の整理も終わった。

静かな静かな事務所の窓から見えた、長方形の空ともお別れ。

増田さんの笑顔だけを思いうかべてがんばった、資料館の仕事。しかし私は今でも府立総合資料館には深く感謝している。なぜなら私は資料館での仕事を通して、とても貴重なことを学んだからだ。

世の中にはいろいろな仕事がある。本当にいろいろな仕事がある。そしてそのなかには、自分には合わない仕事というものもある。仕事には相性というのがあるのだ。それから、最初から最後まで楽しいだけなのが仕事ではない。忍耐というのも仕事の一部である。忍耐しなくてはならない。辛抱が大切だ。だけど、忍耐だけしていても決して良い方向へは進まず、忍耐だけで終わる仕事もこの世にはある。

私は秋からの仕事をさがすにあたって、自分なりに条件を定め、働きたい職場のイメージというものを思いうかべてみた。

書類や本が相手ではなくて人間が相手の仕事。

明るくて、活気に満ちあふれた職場。

静かに黙々と働くよりは、しゃべったり、歌ったり、踊ったり（はないにしても）、とにかく自分の体を動かしていきいきと働ける仕事。

「あたし、そういう仕事がしたいんや」

増田さんに話すと、彼は「うーん」とうなった。彼の理想の女性というのはあくまでも「かたいお勤め」をしている女性である。かたいお勤めでありながら、右記の条件を満たす仕事というのがはたしてあるのだろうか？

増田さんはひとしきりうなったあとで、

「よっしゃ、俺が見つけたる。まかしとかんかい」

と胸を叩いた。

第四話　ひと夏の経験

増田さんが見つけてきた仕事はたしかに人間相手の仕事で、仕事場には活気が満ちあふれていた。あまりにもにぎやかな職場だった。仕事のなかみはといえば歌あり、踊りありの肉体労働だった。

保育園の保母さんである。

勤務時間は午後四時から七時半くらいまで。くらいまで、と書いたのはたまに予期せぬ残業もあったからだ。

光ケ丘保育園では、だいたい夕方五時半を過ぎるとつぎつぎに子どもたちの親が迎えにきた。しかしなかには迎えが遅くなる親もいる。五時半を過ぎても保育園に残って、迎えにくる親を待つ子どもたちのことは「いのこり組」と呼ばれていた。私の仕事はこのいのこり組の子どもたちといっしょに遊ぶことだった。

何をして遊んでもよかった。絵本を読む、折り紙を折る、積み木で遊ぶ、砂場で遊ぶ、おいかけっこ、かくれんぼ、おにごっこ、ぶらんこ、すべり台、「およげ！たいやきくん」をオルガンに合わせて歌う、踊りを踊る、何でもよかった。

子どもたちといっしょに遊んでいると、私は弟の保育園時代のことを思いだした。私が小学生だったころ、六歳年下の弟は保育園に通っていた。両親はそのころふたりとも仕事をもっていたので、保育園に弟を迎えにいくのは私の役目だった。私が迎えにいくと、弟はいつもジャングルジムの頂上あたりにいた。赤いベレー帽をかぶって、赤い頬をして、ひとりぽつんと待っていた。頂上で待っていれば、ランドセルをしょって遠くから歩いてくる姉の姿がすぐに目に入るからではなかったか。私はそんな弟の気持ちを知りながら、ときどき学校の帰りに友だちと道草をして、弟を待たせたりする姉でもあった。そんなとき弟はきっとさびしい気持ちでいっぱいだったことだろう。

いのこり組の子どもたちにできるだけさびしい思いをさせないよう、私は夢中になって遊んであげた。ただ遊ぶだけのこの仕事、一見簡単そうに見えるかもしれないが、じつはけっこう感情を揺さぶられる仕事なのである。子どもの喜怒哀楽がそのままじかに伝わってくるし、それに子どもというのは人が傷つくようなことをぐさぐさ、ずばずば言う。そんなこんなで、仕事が終わって家にもどるころは、体よりも心がくたくたになっている。

いのこり組のメンバーはほとんど決まった顔ぶれで、最初は十人くらいいる。でも、六時を過ぎたころからひとり欠け、ひとり欠け、しながらしだいに人数が減っていく。ゲームはたびたび中断され、おもちゃはとつぜん放りなげられる。おまけにあたりはだんだん暗くなってくる。季節によっては寒くもなってくる。こういう状況のなかで、心細い気持ちにならない子どもはいないだろう。

今にも泣きそうになっている子どもたちをなだめ、すかしながら、いっしょに遊ぶ。なかには「この世にはもうあなたしかいません」というような悲壮な面《おも》もちで、私の腰にぴったりとくっついてくる子もいる。しがみついて、離れない。私がトイレに行くのにもついてくる。でもそんな子でも、ひとたび園の入り口に親が姿をあらわそうものなら、「まるで「あんた邪魔。どいて!」と言わんばかりに私をつきとばして、親のもとに脱兎《だっと》のごとく走っていくのである。

子どもというのはまことに正直で、現金なものだと知った。

やがて私は園長先生に頼まれて、大学の授業が終わったらその足で園に出勤することになった。授業のない日は朝から晩まで保育園で過ごした。保育園は慢性の人手不足で、猫だけではなくて、ねずみの手も借りたいという様相を呈していた。

子どもたちの一日は「食う・寝る・遊ぶ」で過ぎていく。あいだに「出す」がはさまる。

これは私の経験にもとづく見解に過ぎないが、保母さんにとってもっとも大変なのは「食う」ではないかと思う。

あれはひどかった。大変な騒ぎだった。はじめて見た日には、ぶったまげてしまった。私は今でもあの壮絶な食事シーンを思いだすと、身震いしてしまう。

お昼ごはんは年少のゆり組と年長のばら組に分かれて、それぞれの教室で楕円形のテーブルを囲んで、なかよく食べる。手を洗って、かわいいエプロンをかけて、席に着く。

「さ、みなさん、両手を合わせましょう」

「いいですか、はい、いっしょに声を合わせて」

「いただきまーす」

秩序はここまで。お楽しみはここからである。あれよあれよというまにテーブルの上、下、まわりはぐちゃぐちゃの世界に変わっていく。皿から飛びだす人参。ひっくりかえされるミルクのコップ。床に落ちて、踏みつぶされるポテトのかたまり。手づかみにされ、粘土のようにこねられるごはん。食べ物がべったりとこびりついた口のまわり。食べ物でどろどろになった両手。隣の子に自分の食べ物をとられたのか、泣きさけぶ声。唾液。よだれ。鼻水。げろ。食べ物と汚物の狂想曲である。もはや両者に区別はない。

私はつくづく思った。食事に関しては、人間の子どもよりも、猫や犬のほうがはるかにレベルが上なのだと。

これが幼い子どもを育てるということなのか。世の中のお父様、お母様はみんなこんなことを毎日しているのか。私にはできない。

「自分の子どもとなると話は別よ」

のちに子どもをもった友人は、みな異口同音にそう言ったものだけれど、私には子どもがいないから、いまだにその感覚はよくわからない。本当に、自分の子どもの汚物ならどんなに汚くても平気なのかどうか。

しかし、慣れというものはおそろしい。

最初は見ただけで吐き気がし、自分の食欲もなくなるほどだったその食事風景も、毎日毎日くりかえし見ていると、しだいに慣れてくる。汚されたテーブルと喧噪のなかにも、食事をめぐるさまざまな物語があり、それをささえる子どもたちの生命力があり、まるで食事の時間の混沌全体が、ひとつのアートなんだ、とさえ思えるようになってくる。

というのはちょっとオーバーな気もするが、私が何よりも心を打たれたのは、テーブルのまわりをまわりながら、根気よくひとりひとりの口に食べ物を入れてやり、スプーンの使い方を教え、ぬれたタオルで口もとを拭いてやり、落ちた食べ物を拾っている保母さんたちの姿だった。もちろん私もその仕事をしていたのだけれど、私は心底「汚い！」と思いながらやっていた。正直なところ「なんて汚いガキたち！」などと思っていた。でも保母さんたちは違った。

「はい、恵子ちゃん、お口のまわり拭いてあげよう」

「ああ、きれいになった。よかったなあ。ええ気持ちやなあ」

「健太くん、あーん、はい、お口開けて」

「あらあら、真智子ちゃん、こぼしたらあかんえ」

彼女たちは優しい笑顔でひとりひとりに心をこめて話しかけながら、てきぱきと仕事をこなしていく。拭いても拭いても、子どもたちの手や口はすぐに汚れてしまうし、拾っても拾っても食べ物はまたこぼれるのだけれど、保母さんたちは淡々と、腰をかがめてテーブルのまわりをまわる。

その姿は神々《こうごう》しく、清らかで、まさに白衣の天使ならぬ、Tシャツとジーンズの天使だった。私は、彼女たちの背中から後光がさしているのを、本当に見たという気がする。

壮絶な食事のあとには、静かなお昼寝の時間がやってくる。

教室の床に小さなお布団を敷きつめて、みんなで寝る。子どもたちの寝息には寝息独特のあまーい匂いがあって、教室はその匂いでいっぱいになる。同じ部屋で、保母さんたちもみんな横になって、短いお昼寝をする。もちろん、私も。それは私たちにとって必要な休息だった。昼寝をして体力を回復しておかないと、とても体がもたなかった。とくに午後は足腰が痛くなる。何をするにも子どもと同じ高さになって、腰をかがめてする仕事が多いからだ。保母さんのなかには若いのに慢性の腰痛に苦しんでいる人が何人もいた。

ゆり組とばら組のほかにもう一組、ひよこ組という組があった。

この組は乳児、つまり赤ん坊だけが集められた組で、私はここの仕事にはノータッチだったけれど、赤ん坊たちのことが大好きだった。

ゆり組、ばら組の子どもたちは三歳児から四歳児が中心で、そのかわいらしさは目に見える、手で触れることのできる、いかにもわかりやすいかわいらしさだった。だが、ひよこ組のかわいらしさはそれとはまったく異なっていた。いわば「くろうと好みのかわいらしさ」とでも言おうか。

廊下の窓からひよこ組の部屋をのぞくと、すやすやと眠っている赤ん坊の顔が見えた。目を覚まして手足をもぞもぞ動かしている赤ん坊もいた。赤ん坊は赤ん坊なりに何かを感じとり、喜んだり、悲しんだりしているのがわかった。表情には個性がくっきりとあらわれていて、見ていて、飽きない。まるで将来を暗示するかのように、哲学者風な赤ん坊もいれば、会社の社長さんみたいな赤ん坊もいたし、漫才師のような赤ん坊もいた。よく見ると、無垢で汚れを知らない天使というよりも、何もかも知りつくし、悟りを開いたような、成長や成熟を通りこして、すでに老獪《ろうかい》の域に達したような、そんな表情をしている。

じっと窓に顔を押しつけて見ていると、なかにいた保母さんが「おいでおいで」と招きいれてくれ、私に赤ん坊を抱かせてくれた。

まるで壊れ物をあつかうように、か細い首にそっと手を添えて、見よう見まねで、私は赤ちゃんを抱かせてもらった。

「こんなにも軽くて、こんなにも柔らかい存在から、人の一生は始まっているんだ」

何かとても神聖なものを抱いている気がして、私の胸はどきどきしていた。けれども、不思議なことに私は決して、赤ん坊を「産みたい」とは思わなかった。今もその考えは変わらない。理由は、わからない。


ゆり組のなかに、高野ゆうなちゃんという子がいた。

ゆうなちゃんはいつも最後の最後までいのこっていたので、私とはすぐに仲良くなった。

ゆうなちゃんのお母さんは京都大学の学院生で、シングルマザーだった。当時はシングルマザーという言葉はまだなくて、「未婚の母」と呼ばれていた。保母さんたちの話によれば、ゆうなちゃんのお母さんは学業のかたわら、

「中ピ連の闘士もしてはるらしいで」

という。お迎えにあらわれるゆうなちゃんのお母さんは闘士という言葉のイメージからはほど遠く、柔らかい京都弁をしゃべる、もの静かな学者といったたたずまいの人だったが。

中ピ連というのは一九七二年六月に結成された女性解放運動のグループで、中絶禁

止法に反対ののろしをあげ、避妊薬ピルの解禁を要求していた。中絶の「中」ピルの「ピ」解放連合の「連」をとって命名されたのである。中ピ連結成の二年ほど前には、東京の渋谷で「性差別への告発」をスローガンに、第一回ウーマン・リブ（なつかしい言葉である）大会というのが開かれている。私が保育園で働きはじめたのは一九七五年の秋のことだったが、ちょうどその年の十月には、

「私作る人、僕食べる人」

というハウス食品のインスタントラーメンのテレビＣＭが、男女差別であると指摘され、放映中止になっている。ちなみに離婚後の女性の姓の選択が自由になったのは一九七六年のこと。男女雇用機会均等法の施行まではあと十年がかかる。

ゆうなちゃんの存在はゆり組のなかで、いいえ、園全体のなかで光っていた。頭がよくて、何をやらせても上手にできた。それだけではなく、つねにみんなのまとめ役となり、遅れたり、失敗したりしている子を助けながら、リーダーとしての指導力を発揮してくれるのだ。これは頼もしかった。喧嘩をしている子どもたちがいると、ゆうなちゃんはかならずそこに駆けつけてなかに割って入り、両方の言い分を聞いて、仲裁役をつとめてくれる。ときどきその指導力がゆき過ぎて、いじめになることもあったのだけれど。

絵本を読んでいると、ゆうなちゃんから質問の矢が飛んでくる。

「先生、なんで王子様はいっつも男で、お姫様はいっつも女なん？　ゆうなは王子様になりたい」

どうして？　とたずねると、ゆうなちゃんは答えるのだった。

「そうかて、王子様やったらお馬に乗れるやん」

「お姫様やったらきれいなドレス着られるけど？」

「ゆうな、ドレスなんか着とうない、お馬のほうがええわ」

「お馬に乗って、ゆうなちゃん何するの？」

「そんなん決まってるやん。この世の悪をほろぼすために戦うのや」

さすが中ピ連の闘士の娘である。

ある日のことだった。私とゆうなちゃんはふたり、積み木で遊んでいた。お迎えを待っているのはゆうなちゃんだけになっていた。

「これ、ゆうなのお城、こっちはママのお城」

そう言いながら、ゆうなちゃんはとても機嫌よく積み木でお城をつくっていた。小さな積み木をいっぱい積みあげて、ゆうなちゃんの体の何倍もあるような大きなお城が、ふたつもできた。私はぱちぱちと拍手をしてりっぱなお城をほめてあげた。するととつぜんゆうなちゃんは立ちあがって、乱暴にお城を壊しはじめた。

「なんや。せっかくうまいことできてたのに。ママに見せてあげたらよかったのに」

「………」

ゆうなちゃんは黙って、ばしばしとお城を叩いて、壊しつづけていた。これでもか、これでもかと、めちゃめちゃにしていく。あんなに一生懸命、一個一個積みあげたのに。

どうしても壊したいものはお城ではなくて、ほかのものなのだけれど、それが何なのかわからないから、かわりにお城を壊している、私の目にゆうなちゃんの姿はそんなふうに映った。そしてそれはそのまま、私自身の姿のようだった。私はゆうなちゃんに私の内部を見透かされているような気がしていた。私の内部にも、めちゃめちゃに壊したいものがあり、激しく怒りたいものがあるに違いなかった。けれどもそれが何なのか、私にはまだわからないのだった。


大学三年生になってからも保育園の仕事はつづけた。

春のはじめに、ちょっぴり悲しいできごとが起こった。

ある日、いつものように家賃を払いにいくと、大家さんはいかにもすまなそうに言った。

「うちはいつまでいてもろうてもかめへんのどすけど、サンルームの奥さんがな……」

なんでも、私がやめたあと店で働くことになった人に、私が今住んでいる部屋を貸すようにしてもらいたい、とサンルームの奥さんが大家さんに言ってきたそうだった。

私は悲しかった。もちろん、やめないでほしいと言われたのにサンルームをやめたのは私だったのだけれど、そのせいでアパートまで出ていかなくてはならないとは。あんなに優しく、親切にしてくれた奥さんやルミちゃんの心がサンルームをやめたとたんに豹変《ひょうへん》したように思えて、私にはその豹変が悲しかった。

増田さんに話すと、

「ほれ、見てみいや。俺が言うた通りになったやんけ」

と、得意げだった。

彼は自分も京都人のくせに、京都人のことをこんなふうに言った。

「京の人間はな、優しそうに見えてもそれは表面だけのことなんや。ほんまに他人に心を許すいうことはなかなかせえへんのや。相手が京都人とちごうて、よそからきた田舎もんやったらとくにそうや。せやから、優しい言葉かけてもろたと思うて甘えてたら、あとで手痛い仕打ちを受けることになるのや。昔から、京の都は入れかわり立ちかわり支配者が変わったやろ。せやから、かんたんに他人に気をゆるしたりしたら、この町では生きていけへんかったんや」

だが、冷たいところがある反面、いったんその懐深くに相手をとりこんでしまったら、しっかりとひきずりこんで、離さない。だからとりこまれた人間はそこからもうどこへも逃げられない。京都人にはそんな面もあるのや、と彼は分析した。

それ以後、増田さんのその言葉は、さまざまな場面でくりかえし思いだされることとなる。

北山荘から引っ越した先は左京区の一乗寺北大丸町《きたおおまるちょう》というところで、アパートの名前は「喜合荘《きあいそう》」といった。

四畳半ひとまに、一畳あるかないかのキッチンと、一畳あるかないかのベランダ付き。お風呂はなし。部屋は北山荘よりも狭くなったけれど、建物が新しくて、北山荘のようにすきま風が入ってこないこと、私の部屋は二階の角部屋だったので、窓からのながめが良いことが気に入った。

といっても、窓から見えるのは密集した家家の瓦屋根と、ごみごみした商店街と駐車場と切り貼りされたような空。でもよく晴れた日には、はるかかなたに、比叡山が見えた。

アパートのすぐ近くを京福電鉄叡山線、通称「叡電《えいでん》」がゴトゴト走っていて、商店街や市場があって、その界隈はいつも買い物客でにぎわっていた。北山荘とは違って、それはそれはにぎやかなところだった。ここならひとりで暮らしていてもさびしくはない。あたりには染め物工場がたくさんあるらしくて、下水道を流れる水の色が濃いピンクやブルーに染まっていることが多かった。

このアパートを見つけてくれたのも増田さんだった。一階に増田さんの大学時代の先輩が住んでいて、たまたま空き部屋が出たばかりだと知らせてくれたらしいのだ。

先輩の名前は谷川さんといった。年は増田さんよりも四つくらい上で、職業はホストクラブのホストだった。平日は、ちょうど私が保育園からもどってくるのと入れかわりに、出勤していった。私たちは「ただいま」と「おかえり」と「いってらっしゃい」と「いってきます」をいつも同時に言いあっていた。

谷川さんはふだんはTシャツにジーンズという飾り気のない格好をしていたが、出勤するときにはパリッとしたスーツを着こんで、ネクタイをしめ、きりりと小股の切れあがった男、という表現が許されるならば、まさにそんな感じだった。小柄で、髪の毛は短く刈り、ちょっと見た目には体育の先生か、板前さんのようでもあった。

日曜日は私の仕事が休みだったので、増田さんとのデートのない日は谷川さんの部屋に遊びにいって、谷川さんのカラオケの練習につきあってあげた。私がお客になって、デュエットの練習をするのである。

「女のみち」「なみだの操」「心のこり」「うそ」「襟裳岬」「昭和枯れすすき」「北の宿から」

そんな歌もあったし、

「危険なふたり」「結婚しようよ」「ひと夏の経験」「春一番」「シクラメンのかほり」

「港のヨーコ・ヨコハマ・ヨコスカ」

そんな歌もあったっけ。

谷川さんは私の悩み相談によく乗ってくれた。そのころの私の悩みといえばほとんど増田さんのことで、増田さんのことといえばすべて増田さんの〈女遊び〉のことだったのだけれど、谷川さんは熱心に私の話を聞いてくれた。話を聞きながら、励ましてもくれたし、慰めてもくれたし、男とは……ものだ、というようなことも語ってくれた。

増田さんは、

「つきあいやし、しゃあないやんけ。みなが行きよるのに、俺だけ行かへんわけにはいかへんやんけ」

と、言いながら仕事帰りに夜ごと〈女遊び〉に出かけた。そのくせ私には……したらあかん、……したらあかん、とうるさいことこの上ない。だから会うたびに喧嘩になる。

深夜、私が増田さんと大喧嘩をして部屋にもどり、泣いていると、谷川さんは自分の部屋に呼んでくれ、ラーメンをつくって食べさせてくれたりした。

「男の価値は優しさで決まる。女は甘え上手になることや」

というのが、谷川さんの男女のあり方における持論だった。私はけっこう増田さんに甘えていたのだけれど、まだまだ甘え方が足りないのか、などと思ったりもした。

谷川さんは言った。

「あいつがな……したらあかん……したらあかん、と言うのはな、それはるいちゃんが好っきゃねん、好っきゃねん、言うてるのとおんなじなんや」

そう言われてもなあ。

増田さんとの仲は険悪になるばかりだったが、反対に増田さんの両親にはかわいがってもらった。増田さんの家は喜合荘からなんとか歩いていけるほどのところにあって、夕ごはんを食べにおいで、と私はよく家に呼んでもらった。そんなときには、たとえ増田さんが家にもどっていなくても（もどっていない日が多かった）、私はひとりでおうちにお邪魔して、夕食をごちそうになった。

帰りに映画館に立ちよって、ひとりで映画を見た。商店街のなかに「一乗寺会館」という名前のさびれた映画館があった。たいてい、ポルノ映画か、やくざ映画か、フーテンの寅さんを上映していた。三本だてだった。たまに日本映画の新作の封切りもあった。

「仁義なき戦い」「華麗なる一族」「青春の門」――そんな映画のロードショーはみなここで見た。ひとりで見ていると、隣に座っているおじさんやおばさんがガムやチョコレートをくれた。

喜合荘には、大学を卒業し、就職してからも一年ほど、住んでいた。

ある日のことだった。

保育園からアパートにもどって、さ、ひとまずお風呂屋さんへ行こうと思い、仕度をしていると「トントントン」とドアをノックする音がする。開けてみると、そこにはさっきまでいっしょに仕事をしていた保育園の保母さんが立っていた。

「あ、先生。どうしはったんですか？」

彼女はいきなり小脇にかかえていた新聞を取りだして、つきつけるように、私にさしだした。

「これ、いっぺん、読んでみて」

新聞は「赤旗」だった。

「ものすごうええことが書いてあるし、きっと小手鞠さんのためになると思うの。読むだけでええからね。ほな、また明日」

先生はそれだけを言うと、風のように去っていった。

翌日の夕方、前の日と同じくらいの時刻だった。私は服を着がえているところだった。ドアをノックする音がして、開けると、また同じ先生が立っている。

「あ、先生。きょうは何でしょう？」

「きのうのあれ、読んでくれはった？　ちょっと感想が聞きたい思うてな」

感想と言われても、私は「赤旗」をまだ一文字も読んでいなかった。

「あのう、まだ読んでないんですけど」

私は申し訳なさそうに言った。

「なんで？」

先生はちょっと詰めよるような口調になった。私は、

「あのう、大学の宿題でほかにもいろいろ読まんならん本があって。すんません」

と、しどろもどろに答えた。本当は宿題で読まないといけない本などなくて、私は自分の好きな本を読んでいただけのことだった。

そのころ（からずっと、今でも）、田辺聖子先生の小説に夢中だった。新刊が発売される日には大学の帰りに本屋へ直行した。真新しい、まだ読んでいない田辺聖子先生の新作を鞄に入れているだけで、胸がときめいた。読む前に本を開けて、そこに鼻の先をくっつけて、紙の匂いを吸いこむと、胸がときめいた。そのときめきを今でも胸が覚えている。

「そうか、まだ読んではらへんのか」

先生は、きのうのように風のようには去っていかず、

「ちょっとええか。ちょっと近くの喫茶店でも行かへんか。コーヒーおごるさかい。そんなに時間はとらせへんから」

と私を誘った。

喫茶店ではひたすら「赤旗」の定期購読をすすめられた。時間はとらせへんと言われたわりには、一時間半くらいみっちりと話を聞かされた。

私がなかなか「赤旗をとる」と言わないので、先生はいらいらしはじめていた。

「一ヶ月だけでええから、おねがいや」

先生は手を合わせ、頭を下げた。それでも私が首をたてにふらないので、途中から勧誘が説教になっていった。まるで私が何か悪いことをして先生に叱られているようである。

「もっとまじめに生きなあかん」

そんなことを言われた。

「世の中、今のままでええと思うてるの」

そんなことも言われた。

もちろん、そうは思っていなかった。世の中では政治家たちの大がかりな汚職事件「ロッキード事件」が起こり、おりしも田中角栄前首相が逮捕されたばかりだった。でも、だからといって私が「赤旗」を定期購読しなくてはならない筋合いはない。だいたい私は生活費を自分の力で稼ぎだし、少ない仕送りで、なんとかやりくりしている貧乏な学生なのである。清く正しくまじめに生きているのである。「赤旗」を定期購読するお金があったら好きな本の一冊、あるいは文庫本数冊の購入にあてたい。

「あんたの思想がまともな方向へ進んでいくように、ただ親切心で言うてるだけや」

「これ読んだら、あんたの人生、もっとようなるよ。光がさしてくる」

いろいろ言われたけれど、結局、私は先生の期待にこたえることができなかった。勧誘はそれからもしばらくのあいだ、つづいた。夕方、ドアをノックされるたびに心臓が縮みあがるようだった。たまに「朝日新聞」とか「読売新聞」とか「毎日新聞」などの勧誘がくることもあったが、それらを断るのはいとも簡単だった。NHKの集金なんかも果敢に退けた。「赤旗」にくらべたら、NHKなんか、ちょろいもんであった。「テレビ、持ってません」と言えば良かったのだから。

先生はそういうわけにはいかない。

先生はきびしい口調で私を責める日もあったが、猫なで声で、

「な、とるだけでええのやから。無理に読まんでもええのやから」

と懇願する日もあった。

今の私だったら、相手を傷つけず、自分も傷つかないような言葉、方法で、先生の勧誘を上手に断ることができるのかもしれない。でも二十歳の私には、できなかった。

私は保育園をやめることにした。大学三年生の夏休みのなかばだった。園長先生は、なんとか夏休みが終わるまでつづけてもらえないかと私に言った。私もできればそうしたかった。子どもたちはみんな私になついてくれていたし、私は保育園の仕事が好

きだった。でも私は「赤旗」の勧誘にはこれ以上耐えられない、と感じていた。園長先生にそのことは言わなかったけれど。

あのとき「赤旗」を購読し、保育園で働きつづけていたら、私の人生はもっと違ったものになっていたのだろうか？　思想はまともな方向へ進み、人生には光がさしていたのだろうか？　どんな光だったのか、見てみたかった、そんな気もする。

第五話　さらば恋人

大学三年生の秋学期が始まって、私は急に忙しくなった。仕事ではなくて、勉強が、である。取らなくてはならない単位がまだ山のように残っていて、朝からびっしり大学へ通わなくては、卒業も危ういというようなありさまだった。関西弁で言えば「どないもならへん」状態である。

二年半の間、私がぼーっとしていて気づかなかったのが悪かったのだが、同志社大学法学部（あるいはどこの大学でもそうなのかもしれないが）では単位の取り方に決まりがあって、あるひとまとまりの学科群のなかから何単位、別のまとまりのなかから何単位、と、定められた枠のなかで取得単位数をそろえておかなくてはならなかった。私は法学部の学生でありながら、歴史や文学など、法律以外の学科をむやみに選択していたため、必修科目に指定されていた民事訴訟法とか刑事訴訟法とか、ものすごく難しい学科がごっそりとあとに残されていた。

おまけに私は欲を出して、社会科の教員免許や図書館司書の資格も取ろうとしていたので、忙しさには拍車がかかった。

それでも私は、何らかの仕事をしていたかった。生活費のため、という目的ももちろんあったのだけれど、私には何か「働かずにはいられない」というようなせっぱつまった気持ちがいつもついてまわっていたように思う。私は、大学という狭い水槽のなかで泳ぐ金魚に過ぎない、二十歳《はたち》そこそこの小娘にしてすでに、りっぱな仕事中毒者《ワーカホリック》だった。


保育園を辞めてから、新聞の求人欄で見つけた内職の仕事をした。

昼間は大学が忙しいので、夜、家のなかでできる仕事をしようと考えたのだ。

その内職は、五センチ四方ほどの正方形に裁断された壁紙の見本を、ぶあついアルバムのような見本台帳に、一枚一枚貼りつけていくという仕事だった。

一枚貼るごとに五円である。一冊の見本台帳には合計二百枚の見本がおさまるようになっていたので、一冊貼りおえたら、千円の収入ということになる。たとえば一晩で五冊貼ったとしたら、五千円になるではないか！　部屋のなかで、こたつに足をつっこんだまま、ラジオを聞きながら、ぺたぺた貼るだけで、五千円。これは保育園で約十時間、腰をかがめ、汚物にまみれながら働いて、やっと得られる金額なのである。なーんや、こんな楽な仕事がお金になるのなら、保育園みたいなところでしんどい思いをして働くことはなかったんや、などと私は思っていた。

しかし世の中はそう甘くはない。この内職、じつは大変な曲者《くせもの》だった。そもそも壁紙というのは、何やら特殊な化学製品でできているらしくて、それを貼りつけるためには特殊な糊を使用しなくてはならなかった。特殊な糊は内職斡旋《あっせん》会社から支給されたのだが、この糊の匂いがとてつもなく強烈なのである。

私は口にマスクをかけ、でもマスクだけでは足りないので、マスクの上からタオルをきつく巻きつけた。これでヘルメットをかぶれば、まさに時代遅れの全共闘スタイルだ。糊がこぼれると、こびりついて取れなくなるので、テーブルの上には新聞紙を敷きつめた。糊が指につくと、洗っても、たわしでこすっても落ちなくなるので、軍手をはめた。そして刷毛《はけ》（これも会社から支給されたもの）を持つ。

糊の缶のなかから、刷毛でひとすくいひとすくい、糊をすくっては壁紙見本の裏につけ、台帳の点線に沿って、貼っていく。

思ったよりも時間のかかる作業なのである。

思ったよりも難しい仕事なのである。

糊をつけすぎると、壁紙はずるっとずれてしまうし、はみだした糊が台紙についてしまう。糊がすこしでも台紙についてしまうと、一ページ貼りおえて、次のページに移ったあと、ページとページがくっついてしまって、せっかく貼ったものがぜんぶボツになってしまう。

そういえば内職斡旋会社の人は、

「一ページ終わるたびにドライヤーで乾かすとええよ」

と教えてくれたっけ。

一心不乱に貼っていると、そのうち頭がふらふらしてくる。眠気とは違う、もっと濃密で甘美な感覚。意識が朦朧《もうろう》としてくる。糊のなかにシンナー系の薬品が混じっているのかもしれない。ときどき部屋の窓を開けて換気しないと、そのままあっちの世界へ行ってしまいそうだ。

一晩で五冊などとうてい無理な話で、貼って貼って貼って、せいぜい一冊が限度だった。

内職は一ヶ月もしないうちにやめた。

結局、私が完成させた見本台帳は合計で十冊か、それにも満たない数だったと思う。ずーっとずーっとあとのことになるけれど、私はデパートのインテリア用品売場かどこかで、お客として、壁紙の見本台帳というものを見たことがあった。ぱらぱらっと適当に見るなんて、私にはできなかった。一ページ一ページ、ていねいにめくって、一枚一枚の壁紙を食いいるように見つめてしまった。


つぎに私が見つけた「家でできる仕事」は、添削の仕事だった。

これも新聞の求人広告欄で見つけた。

大学受験に備えた通信講座に付いている模擬テストの答案の添削で、こちらは一枚五百円。とらぬ狸の皮算用で、すぐに計算してしまう私だったが、一枚五百円ということは、百枚添削すれば五万円。壁紙貼りとは桁が違うではないか。

これはすごい！　とすぐに飛びついたのだが、やはり世の中はそんなに甘くはない。

答案の添削は壁紙貼りと違って、機械的にやれるような仕事ではない。

頭を使う仕事である。

神経を使う仕事である。

肩はこるし、ペンだこは硬くなる。

通信講座を運営している会社に答案用紙をとりにいくと、そこで同時に「添削の手引き」というぶあつい書類を渡される。いわゆる添削マニュアルのようなものだ。そこには、ありとあらゆる解答に対応できるよう、添削の見本が幾通りも記されている。それを見ながら、ひとつひとつの解答のそばに赤いインクの付けペンで、かりかり、かりかり、コメントを書きこんでいく。赤インクと付けペンとインク消しは会社から支給された。

私は国語の答案を引きうけることにした。

まじめにやっているなあ、と思える答案の添削はやっていても苦にならない。

しかし大変なのは、こいつはいい加減にやっている、と一目瞭然にわかる答案である。そういう答案には白紙の部分も多い。おざなりな解答や白紙の解答が多いと、そこに添削者が書きこむ文章の分量も増える。まっ白な答案はまっ赤にして返すのである。本来なら、逆だろうと思う。つまり、まじめに書いてあるまっ黒な答案こそ、まっ赤にして返すべきなのだと。

ところで答案用紙というのは一枚の紙ではない。ホッチキスで綴《と》じてあるB5くらいの大きさの小冊子で、ページ数は十ページほどある。だから答案は「一枚」ではなくて「一冊」と呼ぶ方が正しい。

はじめのうちは一冊仕上げるのに一時間くらい、やる気のない学生の答案の場合には二時間くらいかかっていた。でも、慣れてくると一冊、三十分から四十分くらいでできるようになる。一冊を最初から最後まで通してやるのではなくて、設問ごとに、二十冊同時にやるようにするとはやくできる。さらに、たとえば記号で解答する設問の場合、(ア)(イ)(ウ)(エ)(オ)という答えそれぞれに、添削者が書きこむ文章が決められているので、(ア)と書いてある答案だけまとめて、そこに同じ文章をどんどん書きこんでいくと、もっとはやくできる。

しかし国語なので、どうしてもマニュアル通りにはいかない解答が出てくる。なかには「おおっ」とか「ほおー」とうなりたくなるような答案も出てくる。そういうときには私も頭をひねって、マニュアルの文章をアレンジし、そこに添削の文章を書きこむ。

仮にほとんど徹夜に近い状態でやったとしても、一晩でできる添削冊数というのは、まあ五冊から、多くて十冊というところだった。私は一週間単位で、二十冊ほど引きうけていた。

約束の提出日がくると、答案を持って、会社まで届けにいく。

そしてそこで、各学科の責任者(その人は会社の社員である)からチェックを受け

る。このチェックというのが非常に厳しい。たとえば、
文字が汚い。

添削内容がマニュアルと異なっている。

添削箇所が抜けている。

などといった部分があると、その場でやり直し命令が出される。やり直し命令が下されると、添削者は会社の別室にこもって直しの作業をおこなう。その後、ふたたびチェックを受けて合格するまでは家に帰れない。とはいえ、答案のなかみについては、マニュアル通りにていねいに書きこんでさえおけば、そんなに複雑な直しは要求されない。

私をふくめて添削者が最も苦労していたのが、答案冊子の表紙に記さなくてはならない「総合評価欄」だった。添削者がその答案全体に対して書く、感想文みたいなものである。文字数は八百字くらいだったと思う。二十冊の答案を引きうけたら、この感想文を二十通り書かなくてはならない。もちろん、同じ感想文を書くなど、許されるはずもない。難しい仕事なのだけれど、創造的であるともいえた。

この欄にも守るべき基準があって、それは、
できるだけ具体的に、しかし全体を見据えながらコメントを書くこと。

安易な言葉でまとめないように、しかしわかりやすい言葉で書くこと。

ひとりひとりに、違った内容を書くこと。

というようなものだった。

今ふりかえってみると、そのとき私はたしかにあこがれの「文章を書く仕事」と出会っていたのだと思う。ずっとあとになって私は東京へ出ていき、雑誌のフリーライターになるのだけれど、要求されたテーマ、定められた文字数で、しめきりを守って文章を書く、そういった「書く仕事」の基本原則のようなものをあの添削会社で教わった、そんな気がするのである。

ところで、添削の直し、つまり赤インクで書いた文字をどうやって消していたか、というと、添削会社では特殊なインク消しを使用していた。それは〈魔法のインク消し〉と呼びたくなるようなすばらしい代物で、消したいところを白く塗る、いわゆる修正液ではない。そのインク消し、透明な液体だったが、を消したい部分に落として、三秒くらい待つと、あれよあれよというまに、文字が消えていくのである。

しかし、この魔法のインク消しにも弱点があった。それはインク消しを落とした部分がなかなか乾かないということ。当然、乾くまで、あらたに文字を書きこむことはできない。そこで、どうするか？

ふたたびドライヤーの登場である。

添削会社のデスクの横には、まるで美容院さながらに、ドライヤーがぶらさげられていた。

添削は、受験戦争をくぐりぬけてきた私にとって、やりがいのある仕事だった。つい三年ほど前までは自分も同じような高校生だったのだ。顔も知らない、会ったこともないたくさんの高校生の顔を思いうかべながら、添削の仕事は大学を卒業する直前までつづけた。その会社の社長さんからは「卒業したら正社員にならないか」と声をかけてもらったが、声だけをありがたく受けとめるにとどまった。


大学四年生の春、教育実習をするために二週間、岡山へもどった。

出身校だった中山《ちゅうざん》中学校で、先生のまねごとを経験した。

中山中学校は私の実家から歩いて十五分くらいのところにあり、小丸山《こまるやま》古墳という古墳の上に建っていた。古墳の上に学校があるということが校歌の歌詞に出てくるので、だれでもそのことを記憶してしまうのだ。

そこには、中学時代の恩師だった赤木久児《ひさこ》先生がまだ勤めておられた。彼女は国語の先生で、私が入っていた文芸クラブの顧問でもあった。私が中学生だった当時、先

生は三十代半ばくらいだったと思う。幼い男の子ふたりの母親でもあり、

「わたしゃあ、女の子がほしかったのに、男の子がふたりもできてしもうたんじゃ」

と言っていた。そのせいなのか、息子さんたちの髪の毛を女の子のように長く伸ばさせていたっけ。

私が中学二年生のとき、先生は大病をわずらって、子宮をすべてとってしまう手術を受けた。しかし退院後はすぐに仕事に復帰してきた。

「手術なんかどうってことなかったわ。麻酔が切れるときだけは痛《いと》うてたまらなんだけど」

赤木先生は私の書いた作文や詩を高く評価してくれた。岡山県の作文コンクールなどにも応募させてくれた。文法、言葉づかい、表現のしかた、文章の書き方の基礎はすべてこの先生から教わった。そして私に、書く喜びというものを教えてくれたのもこの先生だった。

先生は私の作文に対して、

「観念的に書いてはいけない」

というアドバイスの言葉をよく書きこんでいた。私は今でも自分の書いた文章はすべて赤木先生に提出し、読んでもらいたいと思っている。作文を先生にほめてもらい

たい、生徒なのである。

教育実習に行ったときにも、私の指導には赤木先生があたってくださった。そのとき、私は一生忘れられない言葉、あとでふりかえってみると、まるでその後の私の人生を決定づけてしまうような言葉を、先生からもらっている。

教育実習生は毎日、その日学校で起こった出来事や自分が担当した授業の内容、参加したクラブ活動のようすなどをつぶさに報告日誌につけておき、それをもとに、あとでレポートを作成し、大学に提出することになっていた。日誌には担当の先生が目を通し、そこに所見を書くようになっていた。

私はある日、生徒指導に関して、

「やはりこういうことは……なので、女の先生には無理で、男の先生でないとできないのかもしれない」というようなことを書いた。いうならば、何か女性の能力の限界について言及するようなことを書いたのだと思う。それに対して、赤木先生はこのようなコメントを記して、私に返してきた。

「あなたのような考え方をする女性がいるから、いつまでたっても、この世の中が女性にとって働きやすい社会にならない」

この言葉にはガーンとハンマーで頭を殴られたようなショックを受けた。

今まで、考えてもみなかったことを、その日を境に考えるようになった。

赤木先生は、私の人生の恩師なのである。

教育実習を通して「教える仕事」の楽しさを味わった私は、京都へもどってから、家庭教師をすることにした。

一軒は、北野白梅町《きたのはくばいちょう》というところにあった老舗《しにせ》の和菓子屋さんで、そこには小学生を頭に三人の女の子がいた。上ふたりの子どもが私の生徒だった。家のすぐ目の前には北野天満宮があった。彼女たちの志望校は同志社中学だった。

もう一軒は、やはり老舗の京人形のお店のお嬢さんだった。彼女は中学生で、志望校は同志社女子高校。家のまわりには西陣織りの織物屋さんが軒をつらねていて、屋根裏部屋のように天井の低い彼女の勉強部屋でいっしょに勉強をしていると、どこからともなく、織機の音が響いてきた。

その音は海鳴りのようにも、かすかな地響きのようにも聞こえた。

彼女の胸の高鳴りのようでもあり、私の人生にこれから起ころうとしている大地震の前ぶれのようでもあった。

三人とも、私が同志社大学の学生であるというだけの理由で、私をあこがれのまなざしで見つめていた。私は彼女たちのきらきら輝く目を見ながら、この輝く目を持った少女たちが、あの、何もかもに疲れた同志社の遊び人たちの予備軍なのかと思うと、複雑な心境になるのだった。

私はそのころオレンジ色のミニバイクに乗って、大学から家庭教師先に通っていた。ミニバイクは当時、流行しはじめたばかりの50 ccのバイクで、私が乗っていたのは「ロードパル」、別名「ラッタッタ」とも呼ばれていた。ソフィア・ローレンがテレビCMに出演していて、「ラッターター」と巻き舌で歌いながらエンジンをかけていた。保育園で働いて貯めたお金で買ったのである。

増田さんとは会うたびに、喧嘩ばかりしていた。

私がミニバイクを買ったこともけんかの原因になった。バイクがあればバスや電車を待たないですむし、不便な場所（じっさい、家庭教師先の人形屋さんは不便な場所にあった）へもスムーズに行けるし、どんなに帰りが遅くなっても、増田さんに迎えにきてもらわなくてすむ。増田さんにとって何も都合の悪いことではないはずなのに、彼はなぜか機嫌が悪かった。そのころの喧嘩といえば、ただの喧嘩では終わらなくて、そのつづきに、別れる、別れないという話が出るようになっていた。

そのくせ、とても矛盾しているのだけれど、私の気持ちのなかでは増田さんと「結婚したい」という思いが日ごとにふくらんでいた。それは今ふりかえってみると「増田さんと結婚したい」という思いではなくて「結婚したい、だれかと」という思いで、そして「だれか」といえばそのときつきあっているのは増田さんしかいないわけだから、従って「結婚したい、増田さんと」となるのだった。

さらに分析を加えれば、当時の「結婚したい」は「さびしい」と同義語だった。

何が、どうして、いったい、なぜ、あんなにさびしかったのか、私にもその正体はつかめないのだけれど、二十一歳だった私は、ひとりでいても、ひとりでいなくても、大学へ行っても、仕事をしていても、ごはんを食べていても、笑っていても、息をしているだけで、さびしかった。さびしさは影のように、私についてきた。雨の日も風の日も晴れの日も、ふりはらっても、ふりはらっても、ついてきた。

そのさびしさを埋めようとして、私はバイクに乗って大学へ行き、勉強をし、バイクに乗って家庭教師先に行き、少女たちの勉強を手伝って、バイクに乗って家にもどり、もどってからは卒論の「ロッキード事件」のつづきを書くのだけれど、さびしさは消えない。一時的に消えても、心の奥底には、どうしても埋まらないさびしさの核みたいなものが、ぽつんとあるのだった。

結婚さえすれば、このさびしさの核が消えるのではないか、私はそう考えていたのである。

けれども増田さんと私の間には、埋めようのない溝がある、ということも私にはわかっていた。もう、好きだけでは乗りこえられないところまできていた。

増田さんは私によく、

「俺……する女だけは嫌いやねん。ぜったいに許せへんのや」

と言ったが、そのなかには「煙草を吸う女」「化粧が濃い女」「酒を飲む女」があり「本ばかり読んでいる女」「自分の意見をはっきり言う女」「理屈っぽい女」「自立している女」などというのもあった。そのうち「バイクに乗る女」という項目も加わった。

私には子どものころからあこがれている職業があって、それは京都に出てきてからもずっと私の机の引き出しのなかに、しまわれていた。ひっそりと、奥のほうに。

いつか浮島のようにぽっかりと海のなかから浮かびあがってくる、いいえ、私が浮かびあがらせてみせる。そんな欲望も私にはあった。それはまだ、欲望とは呼べないほどに淡い、かげろうのような希望だったのかもしれないけれど。

私は「夢見る女」だった。

それはおそらく増田さんのもっとも嫌いな女に違いなかった。増田さんの好きな女は、夢など決して見はしない。見るとしたらそれは、増田さんの夢を自分の夢として、いっしょに見られるような、そういう女の子が彼の理想だった。

　増田さんにすすめられて、私は大学三年のころから茶道を習っていた。同時に増田さんのお母さんからは着物の縫い方を教わった。着物というのは一針、一針、手で縫うのである。それから着物の着つけも教わった。茶道のお稽古の日には自分で縫った着物を自分で着つけて、出かけたものだった。

　茶道は、お点前《てまえ》を覚えることも大事だけれど、

「お行儀がようなるのえ」

　と、お母さんは言っていた。

　一年くらい茶道を習ったけれど、私は最後の最後まで、足がしびれて立てなくなる状態から抜けだせなかった。あれはみじめだった。恥ずかしかった。立ちあがろうとすると、まるで達磨《だるま》さんのように畳の上に転がってしまうのだ。

　女は仕事よりも習い事、家のなかのことが完璧にできればそれでいい、というのが増田さんの徹底した女性観だった。テニスとか英会話とかなら、私は習ってもいいと思っていたのだが、増田さんのお好みはといえば、

「ついでにお花も始めたらどや。書道でもええで。琴はどうや」

　足がしびれるようなものばかりなのであった。

だが、なんといっても増田さんとは三年近くもつきあってきたから、そこには通いあう情というものがある。増田さんは増田さんなりに私のことを大切に考え、好きでいてくれている、それはわかっている。ありのままの私をそのまま、増田さんが好きでいてくれたらいいのに、と私はいつも思っていた。けれども、ありのままの私というのがいったいどういう私なのか、私自身にもよくわかっていなかった。

しっかりとした私自身というものが、私は欲しかった。これが私だと胸を張って言えるような、よりどころのようなもの。私がまるで中毒者のように「仕事をすること」にとりつかれていたのは、そのよりどころを求めてのことだったと思う。

私が大学四年生だった一九七七年当時は、四年制の大学を卒業した女性は、「就職するか、結婚するか」で迷っていた。

嘘のような、本当の話である。

相手がいようといまいと「結婚」は選択肢のひとつだった。その背景には、お見合い結婚がまだ健在だったということもある。さらに説明を加えると「仕事」と「結婚」はそれぞれ、どちらかを選べば、どちらかを捨てなくてはならない二者択一の選択肢だった。キャリアウーマンはもちろんのこと、ワーキングウーマンという言葉も、専業主婦という言葉もなかった。主婦と言えばすなわち専業主婦だったのである。

「女の子はお嫁にいくのが一番の幸せである」

そんな時代にあって、私の両親はかなり変わった考え方の持ち主だった。

そのころ両親が私にくれたアドバイスに、私は今でも深く深く感謝している。安易に結婚をすすめるような親だったら、私の人生はぜんぜん違ったものになっていただろう。

「これからの女性はなあ、自分の能力を生かして、世の中にどんどん出ていって、ばりばり働かにゃあいけん。結婚して、家庭になんかおさまってしもうたら、人生つまらんよ」

これは父の意見だった。

「そうじゃ。これからの女性は無理に結婚なんかせんでも、ひとりで自由に生きていったらええのじゃ。ひとりで生きていくためには、なんでもええから、一生つづけられる仕事を持つことじゃ。主婦なんか三日もすれば飽きてしまう」

と、母は言った。

なぜかふたりとも「結婚」に対して、非常に懐疑的だった。ふたりの結婚はそれなりにうまくいっていたと思うのだけれど。しかし、父も母も結婚によって、あるいは私や弟という子どもを持ったことによって、夢をあきらめた、犠牲にしたことはたしかである。父は漫画家になりたかったのだろうし、母は小説家になりたかったのだろうと、今の私にはわかっている。ずっとのちに、何かの折に岡山に帰ったとき、昭和二十六年に発行された林芙美子の「浮雲」の初版本が母の本棚にあるのを見つけて、なかを開くと、最後のページの余白に黒いインクで、

「我成長シタラバ、小説家トナランコトヲ欲ス」

と記された母の手書きの文字を発見したことがあった。

「結婚して、子どもを産んだりしたら、それこそ人生の墓場じゃ」

父はそうまで言った。

「それにな、あんたみたいな田舎モンが京都の人と結婚して、つとまるはずがなかろう」

母は私が増田さんとつきあっていることを知っていた。

何かごく些細なことが引き金になって、のことだと思う。

思いだそうとしても、思いだせないのだから、きっとそうに違いない。それに関し

ては、ドラマチックな何かがあったわけではない。

とにかく何らかのきっかけがあって、私は増田さんと別れる決心をかためた。

それまでに何度も何度も似たような決心はかためていたから、何度めの決心だったか、まったく覚えていないが、とにかく今度の今度こそは本物の決心だった。

私は手紙を書いた。電話で話したり、会って話したのでは絶対にうまくいきっこないとわかっていたからだ。

さよならと　書いた手紙
テーブルの上に　置いたよ
あなたの眠る顔みて
黙って外へ飛びだした
いつも幸せすぎたのに
気づかない二人だった

高校一年生のときに流行《はや》った歌「さらば恋人」である。堺正章が歌っていた。

私の手紙はさよならだけではなくて、便せん五枚くらいにびっしりとつづった、長い長い別れの手紙だった。

増田さんの理想の女性には、私はなれそうもありませんし、努力してみたけれど、無理でした。本当の私を見つけるために、あなたとは別れ、新しく出発します。増田さんも自分の理想にぴったりあった人を見つけて、どうか幸せになってください。長いあいだ、いろいろとありがとう。

と、まあ、そういう歯の浮くようなことを書いたのではないかと思う。手紙はテーブルの上に置いたりはしないで、切手を貼って、ポストに入れた。入れたあと、しばらくのあいだ、赤いポストをじっと見つめていた。

なんだかあまりにもあっけない気がした。たったこれだけのことをするために、なぜあんなにも長い時間がかかったのか、自分で自分のことを笑ってやりたい気分だった。

三日後、増田さんはその手紙を手に握って、私の部屋をたずねてきた。

「俺、こんなしょうもない手紙読んでへんで。一文字も読んでへんからな、よう覚えとけ」

彼はそう言って、私の目の前で、封筒に入ったままの手紙をびりびりと破き、細かく引きさいて、桜吹雪《ふぶき》のようにはらはらと落とした。それからくるりとふりむいて去っていった。そのうしろ姿は「はよ追いかけてこんかい」と言っていた。

「今ならまにあうで」と。

でももちろん、私は前みたいに、追いかけていかなかった。

「読んでへんで」としつこく言っていたところが、意地っぱりな増田さんらしいなあ。私は遠ざかる彼の背中を見つめながら、そんなことを思っていた。

さようなら、増田さん。好きだったよ。

部屋のなかでひとしきり、泣いた。

翌朝はきりっと晴れた青空だった。私はアパートの階段をかけおりて、オレンジ色のロードパルに勢いよくエンジンをかけた。さあ、出発だ。

まっ白なブラウスに、買ったばかりの紺色のスーツを着ている。

昨晩、泣き寝入りしたせいで、少しだけまぶたが腫れていた。でも私の気分は秋晴れの空のようにさわやかである。

鴨川沿いの道を走れば、白いゆりかもめがいっせいに飛びたっていく。

きょうは就職活動の第一日めなのである。

第六話　狭き門

「ふーっ、着物か。着物はどうも苦手やなあ」

就職課の掲示板の前で、私は深ーいため息をついている。
○○着物（株）　事務員2名
(有)××呉服店　営業事務若干名
(株)△△織物　総務部1名
帯の□□（株）　経理部1名
さすがは京都だ。帯や着物をあつかっている会社の求人広告がやたらに多い。
着物にはあまり良い思い出がない。「着物」という言葉を見たり聞いたりしただけで、私の頭にはまず「苦しい」という言葉が浮かんでしまう。

乳房を半分つぶすようにして、ぎゅううううっと締めあげる帯。足袋《たび》を履いて正座しているときの、あの足のしびれ。じんじんとした痛みが足の親指からはいあがってきて、背筋を伝い、脳天まで響いてくるようだ。着物を着て外出すると、発車しようとしているバスに向かって全速力で走って行って、かけこみ乗車をすることができない。バスに乗ってからは、たとえ席が空いていても、苦労して締めた帯が崩れてはいけないので、腰かけることもできない。頻繁にお手洗いに行くと着崩れが起こる(私の場合)ので、なるべく我慢しないといけない。そのためにはいくら喉が渇いていても、できるだけ飲み物は飲まないようにする。あーしんど。着物って、何かと不便なものなのだ。

それに着物関係の会社に就職すると、別れたばかりの恋人、増田さんに出会う確率が高くなるではないか。ばったり増田さんにでくわして、

「おう、なんや、おまえ、こんなとこにおったんか。まだひとりなんか。それやったら俺ともういっぺんつきおうたれや。腐れ縁の復活でもしようやないけ」

なーんて迫られたら、どないもこないもならへんやんか。

くわばら、くわばら。

帯や着物の会社に就職したからといって、社員がそこで毎日帯を締めたり、着物を着たりするわけではない、もちろんそれくらいのことは私にもわかっている。しかし、やはり毎日そこで働くとなれば、そこでは何か私の好きなもの、あるいは私にとって好ましいものをあつかっている方がいいに決まっている。

そんなことを考えながら掲示板を見つめている私の目に、きらりと光る文字が飛びこんできた。

帯、着物、帯、着物、福武書店、帯、着物、帯、着物、中央図書出版社、帯、着物、帯、着物、思文閣出版、帯、着物、帯、着物……

光を放っていたのは、この三つの単語だった。

「書店」「図書」「出版」

本をあつかっている会社で働けたら、最高だ。事務でも営業でも何でもいい。出版社で働きたい。そう思った。

私はさっそく中央図書出版社の会社説明会に出かけた。

その日は朝から雨だった。会場の入り口に置かれたバケツのなかには華やかな傘がいっぱい突きささっていた。会場のなかは化粧の匂いでむせかえっていた。

中央図書出版社の女子学生に対する求人は「総務部1名」だったが、そのたった一名の求人に対して、会場には二百人近い女子学生が集まっていた。いや、もっと多かったかもしれない。

はじめに、会社の歴史や仕事の概要説明みたいなものが三十分ほどあって、そのあとに人事部の人らしい人が出てきて、こう言った。

「ところで、最初にお断りしておきたいのですが、このたびの小社の採用は自宅通勤者に限らせていただきます」

一瞬、会場の空気が揺らいで、どよめきの声があがった。「へーっ」とも「えーっ」とも聞こえた。

とはいえ、そのとき実際に声を出した人など、いなかったと思う。女子学生たちはみんな声には出さないで「えーっ」とため息をもらした。その「息」が二百人分集まったから、ひとつの「声」になったのだ。私も声には出さないで、息をもらしたひとりだった。心のなかは「そんなアホな！」「殺生な！」「なんでや！」と大声で叫びたい気持ちでいっぱいだった。

自宅通勤者というのはつまり、京都なり京都近辺の町なりに自宅＝実家＝親もとがあって、そこから会社に通える人、という意味である。ということは私のように親もとを離れて、アパートでひとり暮らしをしている学生は、はじめから雇用の対象にはならないということなのである。おそらく、会場にいた女子学生のうち約八〇パーセントくらいの人たちは、その日、無駄足を踏んだことになったはずだ。

いったいなぜ？　なぜ、なぜ、なぜ？

タイムマシンに乗って、今、私があの説明会場にもどれたなら、私は人事部の人にそう言って詰めよってみたいものだと思う。

なぜ、アパートでひとり暮らしをしている女性はダメで、自宅に親といっしょに住んでいる女性なら良いのですか？　どこがどのように違うのでしょう？

しかし私は何も怒りくるって、詰めよりたいのではない。ただ単純に人事部の人がどういうふうに理由を説明するのか、その答えをじっくりと聞いてみたいだけなのである。その答えに、今の私はものすごく興味がある。

この畏《おそ》れ多き命題〈アパートはダメ、自宅ならオーケイ〉は、私が日本社会に出ようとしてはじめてぶつかった壁のようなものだった。

壁は不条理とも言いかえられる。

だがそんな不条理はまだまだ序の口で、そのあと私が実際に社会に出てからは、もっともっと過酷な不条理がいくつもいくつも、てぐすねひいて待ちかまえていて、私は容赦なくそれにさらされることになるのだけれど。

なにはともあれ、時は一九七七年。自宅に住んでいるか、アパートで暮らしているか、そのことで女性が値踏みされる時代だった。就職戦線はあくまでも厳しく、社会への入り口は狭き門だったのである。


落ちこんではいられない。

私はつぎに福武書店（現在のベネッセコーポレーション）の会社説明会に出かけた。この会社には、はじめから親近感を抱いていた。高校時代、福武書店の進研ゼミにはたいそうお世話になっていたし、福武書店の本社は岡山にあった。

「本日は小社の会社説明会にわざわざお集まりいただき、ありがとうございます」

説明会に現れた人は明らかに岡山県人だと、私にはわかった。その人の話す言葉はほとんど標準語に近いものだったけれど、言葉のはしばし、一語一語のアクセントに、なじみ深い岡山弁を聞きとることができた。いつのまにか、話の内容よりも彼の口調や物腰に心を奪われていた。私の胸はなつかしさでいっぱいだった。

しかし会社説明会に来て、石川啄木の心境にひたっている場合ではない。

「採用させていただきました暁には、最初の勤務先は岡山本社にお願いするケースが多いかと思います」

私にとって、とても耳ざわりの良いアクセントをもった声が、そんなことを言っている。

「さて、きょうはせっかくご縁があってここにお集まりいただいたのですから、みなさんとごいっしょに小社の社訓を朗読し、声を合わせて社歌を歌いたいと思います。さきほどお配りした資料のプリントのなかに社訓が印刷してございます」

私は福武書店の社訓が朗々と読みあげられるなか、

「岡山勤務になったりしたら大変だ」

と、思っていた。おめおめと岡山にもどって、中央図書出版社の大好きな〈自宅通勤者〉になって、どないするねん、なのだ。

私は京都で働きたかった。大学を卒業したあとも、このままずっと京都に住みつづけていたかった。

田舎者、よそ者には無情で、冷淡な京の町。排他的で、気位が高く、田舎者には日本一住みづらいと言われる京の町。でもどんなにすげなくされても、つれなくされても、京都に対する私の片思いの恋はちっとも冷めていなかった。

そんなわけで、福武書店は受験しなかった。しかし、福武書店と私はどうやら目には見えない運命の赤い糸で結ばれていたようである。社歌を歌ったその日から十五年ほどのちに、私は福武書店と激的な再会を果たすことになっている。だがそれはまた別のストーリーである。

さて、残るはあと一社。

私を京都につなぎとめておいてくれるのか、それとも突きはなすのか、頼みの綱、思文閣出版である。

思文閣出版は、会社説明会は開催していなかった。成績証明書、履歴書などを郵送したあと、返信で指定された日時に直接、会社まで試験を受けに行けばよかった。

思文閣、という名前にはどこか仰々しく、いかめしいイメージがつきまとう。たぶん「閣」という文字にその原因があるのではないかと思う。

「料亭か、旅館の名前みたいじゃなあ」

と、母は言ったものだったが、私の場合には「思文閣」という言葉から「天守閣」を想像した。岡山には、城壁がまっ黒なことから、烏城《うじょう》と呼ばれているりっぱなお城がある。青空に向かって、天高くそびえる天守閣をイメージさせる出版社、大いに結構ではないか。

もっともこのネーミング、出版社の親会社が古美術商であると知ってからは、さもありなんと納得できた。古美術商「思文閣」。風格がある。ぴたっと決まっている。おさまりがいい、そんな感じだ。

古美術商「思文閣」は、三条通りと四条通りにはさまれた古門前《ふるもんぜん》通りという名の通りにあった。その通りには古美術の店がずらりと軒を並べていた。近くには知恩院《ちおんいん》、八坂神社、円山《まるやま》公園があり、先斗町《ぽんとちょう》歌舞練場《かぶれんじょう》や南座、私が足しげく通った映画館、祇園会館もあった。増田さんの仕事がよくそこであった建仁寺《けんにんじ》というお寺もあった。そのあたりはまさに京都の懐のような場所である。

その古美術商の子会社ともいえる思文閣出版は、そこから北へどんどん上がり、今出川通りと東大路通りの交差するあたり、その交差点は「百万遍《ひゃくまんべん》」と呼ばれていたが、百万遍から一すじだけ西に入った鞠小路通りと、今出川通りに面して建っていた。目と鼻の先には京都大学があった。

思文閣出版を背にして、今出川通りを西へまっすぐ走れば、そこには同志社大学があった。私の住んでいたアパート喜合荘は、百万遍から東大路通りをさらに北へ北へと上がったところにあった。つまり、思文閣出版はアパートと大学を結ぶ通学路のちょうど中間地点にあって、私は毎日バイクに乗って、会社の前を通っていたのである。

だから思文閣出版の外観はよく知っていた。

思文閣出版は、白くて大きなマンションの二階にあった。

マンションの一階には画廊と喫茶店があった。喫茶店の名前は「ユトリロ」といった。二階には出版社のほかに、思文閣美術館という美術館もあった。喫茶店へは、大学の友だちといっしょに何度か入ったことがあった。壁にはユトリロの絵（複製？）が飾られていた。すべてはあとで知ったことだけれど、そのマンションは社長の所有物で、喫茶店を切り盛りしていたのは社長の奥さんだった。そして、これもあとで出版部の編集長から聞かされることになる話なのだが、

「思文閣出版はな、はよ言うたら本社のお荷物なんや。古美術で儲けた社長が道楽で始めた出版社でな、もしも本社が小石につまずきでもしたら、こんなヘボ出版社はすぐに転んで大けがしてしまうのや。こんな売れもせん本をのうのうと出していられるのも、みな、古美術の連中がきばって屏風やら掛け軸やら壺やらを売っとるからや」

とのことであった。

そんなことはまだ露ほども知らない私だったから、思文閣出版の入社試験に合格したら、あの白いマンションの二階にあるオフィスで、編集者として働くんだ。本の編集をするんだ。なんて、素敵！　とうっとりしていた。お昼休みにはあの喫茶店「ユ

トリロ」に行って、コーヒーを飲みながら、原稿に目を通して……。

空想するのは、人の勝手である。

思文閣出版ではその年、女子学生に対しては編集部と広報部の人材を、男子学生に対しては営業部の人材を募集していた。

試験の内容は一般常識テストと作文と面接。

作文に指定されていたテーマは「旅」だった。夏休みに家族四人で広島へ旅行したばかりだったので、私はその旅のことを書いた。両親と弟と私の四人がそろってする旅行は、おそらくこれが最後になるだろうという予感が漠然とあったので、広島紀行に、家族というテーマをからめて、文章を書いた記憶がある。つまりこの家族旅行は、これから私や弟が、この家族から旅だっていくことを暗示した旅である、というようなことを書いた記憶が。ひどく感傷的な作文だったのではないかと思う。就職試験で提出するべき文章からはほど遠いような（しかし私の漠然とした予感は当たっていて、家族そろっての旅行は結局それ以降、一度も実現することがなかった）。

一般常識テストの答案用紙と作文を提出したあと、待合室に指定された部屋で、面接の順番を待った。部屋に入りきれなくなった女子学生が外の廊下にまであふれていた。思文閣出版の女子学生に対する募集人数は、広報部と編集部それぞれ一名ずつ、つまりたったの二名だった。

私はその日、終始、悲観的な気持ちでいた。待たされた時間は二時間に近かったけれど、面接は五分ほどで終わってしまった。

「結婚したら仕事はどうします？」

これは当時、就職試験の面接で、女子学生がかならず聞かれた質問だった。

「はい、続けます」

と、私は答えた。だれに教わったわけでもなかったけれど、山と言えば川、コーヒーにはクリープ、と同じように、そういう答えがなぜか条件反射のように口をついて出てしまった。

人事担当者（あとで出版部長だったとわかる）の質問に私が答えている間、社長は私の書いた作文に、ずらした眼鏡の奥から目を落としていて、質問が終わりかけたころに、

「家族で広島へ行かはったんやな」

と、たったひとこと。面接はそれで終わりだった。

部屋から出ると、廊下に並んでいる女子学生の行列は前よりも長くなっていた。

私には、そこに並んでいる人がみんな自分よりも偉く見えた。花でも買ってかえる

かと思った。

思文閣出版から返事が来るまでの間に、私は法律事務所の試験を受けた。

これはゼミの先生の紹介で、先生の後輩にあたる弁護士が、法律事務所で秘書を一名、募集しているというのだった。

しかしこの一名の募集にも、女子学生はおおぜい群がっていた。

試験はやはり一般常識テストと面接。ちょっと変わっていたのは、面接のときに、同時にこんなテストがあったことだ。試験官にあたる人が私の目の前に一枚の白い紙を置いて、こう言った。

「これから私が短い文章を読みあげます。あなたはそれを聞きながら、即座に紙にその文章を書きうつしてください。使える漢字はできるだけ使ってください。消しゴムは使用しないでください。私が読み終えるとほぼ同時に提出していただきます」

速記のテストだったのかもしれない。

その日、弁護士事務所をあとにしながら、私はここには絶対に合格しないだろう、という確信をもっていた。なぜなら私は速記のテストで、小学生でも書けるような漢字がどうしても思いだせなかったのだ。

試験官が読みあげた文章は法律に関係した文書で、そのなかに「ハンをつく」という言葉が出てきた。ハンをつく。ハンとはもちろんハンコのこと。そう、判子である。ところがこの「判」という漢字がとっさに出てこなかった。とはいえ、ただ出てこなかっただけだったら「ハン」とか「はん」とか書けばそれで良かったのだが、なぜか私の頭には、ハンと耳では聞きながら、頭には印鑑の「印」が浮かんでしまったのである。その文字は私の頭のなかに、あまりにもくっきりと浮かんできた。まさに刻印されたという感じ。

ハンコといえば、それは、印鑑のことじゃ。であるからして「ハン」は「印」と書くのじゃ！

わかったか！

と、天から声が響いてきたようでもあった。で、私は声に導かれて、催眠術にかかったかのようにハンのところに印と書いていた。でも最後まで書きおえてから、はっと我にかえった。耳には「ハン」という言葉がまだ残っているのに、自分の答案には「印」と記されている。私はあわてて「印」という漢字のそばに「ハン」とルビを振った。

情けなや、ああ情けなや、情けなや。

これでは法律事務所で採用されるはずはない。合格した場合には、一週間後に電話で連絡が入ることになっていたが、もちろん何の音沙汰もなかった。

七月の下旬に受験していた京都府の中学校の教員採用試験の結果も、予想していた通り、見事にバツだった。

私は法学部の学生で、社会科の免許しか持っていなかったから、当然社会科を受験したのだが、この教員採用試験というのがまたとんでもなく難しかった。岡山弁で表現すれば「でーれーむずかしー」という代物であった。

今でもひとつだけ、胸に刻まれている言葉がある。それは、つぎの単語の意味を記せ、という設問のなかにあった言葉で、

うどんげの花

というのである。

「うどんの花」なら、意味はともかく、その光景は何となく想像がつく。たとえば私なら、おいしそうなおうどんの玉がきれいに並べられていて、それがまるで白い牡丹の花が咲いているように見える、というような情景を思いうかべる。

しかし、うどんげの花とは、いったいなんぞや？

母に用事があって電話をしたとき、ついでにたずねてみたら、彼女はちゃんと知っていた。

「ああ、それはなあ、三千年に一度しか花が咲かないと言われる、世にも珍しい花のことじゃ。仏教用語じゃ」

そこから派生して、稀《まれ》にしか起こらない出来事をたとえて言うときにも使うのだという。なるほど。たとえば、私が教員採用試験に合格するなんて、まるでうどんげの花が咲いたようだ、と表現すればいいのだな。ふーん。

感心している場合ではなかった。

「まあ、どこへも入れんかったら、いったん岡山にもどってこられ」

と、電話線の向こうの端で母が言っている。

私はなんとしてでも、京都市乙女区夢見町でうどんげの花を咲かせるつもりだ。

こうなったらもう神頼みしかなかった。

アパートから大学へ行く道中には、下鴨《しもがも》神社、知恩寺、相国寺《しょうこく》があった。家庭教師先の北野白梅町には北野天満宮、平野神社、足を伸ばせば等持院《とうじ》、龍安寺《りょうあん》、仁和寺《にんな》、妙心寺もあった。これらはガイドブックに名前が出ているような有名な神社仏閣だけれど、京都にはそのほかにも、いたるところに小さなお寺さんがあり、小さな鳥居があり、小さなお地蔵さんがあちこちに立っていた。じつに神頼みをしやすい町なのである。

また、神社仏閣をわざわざたずねていかなくても、あっちから出向いて来てくれる出張サービスもある。

朝、まだ暗いうちに、私の部屋にだれかがやってきたような気配がするので、あわてて起きてみると、ドアの前には修行中のお坊さんが立っていて、

「アーウー、アーウー」

と、私のために（かどうかはわからないけれど）念仏を唱えてくださっている、というようなことがよくあった。

そんなとき私はドアを開けて、お坊さんにお礼を述べ、お布施と呼ばれるお金を懐紙に包んで渡す。するとお坊さんは静かに私の部屋の前から立ちさり、隣の部屋のドアの前へと進んでいく。京都で暮らしはじめたばかりのころは、この「お布施を包む」という作法を知らなかったために、部屋の前からお坊さんがなかなか去っていかなくて困ってしまったし、お坊さんの方もどうしたものだろう、と困惑していたようすだった。お布施のことを教えてくれたのは増田さんだった。

「坊主が来たら、金包んで渡さなあかん」

包むお金は、たまたま財布に五百円札があるときには五百円。ないときには千円。これは貧乏な学生時代にはけっこうきつかった。しかし、就職試験の結果を待っていたころの私は、惜しみなく千円を包んで渡した。


帯か着物の会社にそろそろ願書を出そうかなと考えていた矢先、思文閣出版から封書が届いた。宛名は毛筆で美しく書かれていた。

私はアパートの一階にある郵便受けの前で開封し、

「やったあ！」

と、声に出して叫んでいた。

私は編集部で採用されていた。うれしかった。この世には神様も仏様もいるのだなあと思った。

お坊さん、おおきに！

私は封筒を握ってかけ足で階段をあがり、部屋にもどると、四畳半の部屋のまんなかに立って、何度か飛びあがった。それからやっぱり部屋のまんなかで、小さく輪を描きながらぐるぐる、ぐるぐる回った。人は大人になっても、嬉しいことがあったときには「小躍り」をするものなのだ。

この喜びを今すぐだれかに、いっしょに分かちあってもらいたかった。私は昇ったばかりの階段をまた降りて、谷川さんの部屋のドアを、ドンドン、ドンドンと勢いよくノックした。

なかから寝ぼけた声がした。

「だれや？　こんなに朝はよう、何事や」

朝といっても、もう昼すぎだった。

「谷川さん、あたしや。あたし出版社で採用されたわ。編集者になるんや」

二十一歳の秋だった。

第七話　風を感じて

一九七八年四月のある朝。

私はオレンジ色のミニバイクに乗って、颯爽と職場へ向かっている。

「春一番」をヒットさせて人気絶頂にあったキャンディーズが「普通の女の子にもどりたい」という名言を残して、解散したばかりだった。四月四日に後楽園球場でおこなわれた最後のコンサートには、およそ五万人のファンが集まったという。

「通りを歩いていると、後楽園球場がある方角から、男の匂いのする風が吹いてきた」

と、東京に住んでいた友人が手紙で伝えてきた。

それにしてもなんでまた。

バイクにまたがった私、思っている。

「なんでまた、わざわざ、普通の女の子なんかにもどりたいのやろう」
私にかぎらず、キャンディーズの解散に対してそういう疑問を抱いていた女の子は多かったはずだ。第一、彼女たち自身、本当にそう思っていたのかどうか。その証拠に、解散後、普通の女の子にもどったのはミキちゃんだけで、スーちゃんとランちゃんは、発言の舌の根も乾かないうちに、俳優として芸能界に復帰することになったのだった。

思文閣出版の出勤時間は午前九時である。
しかしこれは建前上の時刻であって、実際には午前八時四十五分までに出勤しなくてはならない。
タイムカードをガチャンと押してロッカールームにバッグを収めると、女子社員はまずオフィスの壁に貼られた小さな円盤の前に立つ。円盤というのは、厚紙を切りぬいて作った大・小二枚の円を重ねて、中央をピンで止めたもの。小さい円盤は中心から放射線状に六つに区切られていて、そこには、
事務所・会議室・応接室・社長室・台所・お手洗い
と、六つの項目が記されている。一方、外側の円盤の端には、

藤井・葛城・岸本・瀬崎・渡辺・杉本・小手鞠と、七人の女性社員の名前。朝一番にだれかが内側の小さい円盤を回して、その朝の仕事の分担を決めるようになっている。「事務所」は広いので二人であたる。

たとえば私は昨日は「社長室」だったので、きょうは「台所」へと進む。

台所の仕事はまず台所のそうじ。流しにたまった洗い物などを片づけ、ごみを捨て、お湯を沸かし、ポットに入れる。それから社員全員のお茶をいれる。事務所のそうじがだいたい終わって社員が机につき始めたころを見はからって、お茶を運ぶ。お盆にお湯飲みをのせて最初に社長室へ。そのあと何回かに分けて、社員の机にそれぞれのお茶を配っていく。社員の数は女性が七人で、男性が社長を入れて八人、合計十五人だった。十五人のお湯飲みはひとりひとり違うので、新入社員の仕事は、どれがだれのお湯飲みなのか、覚えるところから始まった。そうそう、吸い殻がてんこ盛りになった灰皿を喫煙者の机の上から回収して、きれいに洗ってまた机まで運ぶのも「台所」の仕事だった。

そうやって、女性社員七人がお茶をいれたり、トイレのそうじをしたり、机を拭いたり、床を掃いたり、バタバタとあわただしく動きまわっているとき、男性社員たちはいったい何をしているかというと、のんびりと煙草をくゆらせながら、朝刊なんぞに目を通している。なかには爪切りで爪を切ったり、耳かきで耳クソをほじくったりしている人もいる。

二十二歳だった私。ごく普通の女の子であった。だから、

「これは男女差別だ！」

などとは決して思わなかった。

女性社員がいれたお茶を、男性社員が新聞ごしに受けとる、そんな会社の朝の風景をあたりまえのものとして、受けいれていた。疑問を抱いたり、おかしいなと思ったり、不当だと感じたり、そういう気持ちはまったくなかったし、そういう気持ちが芽生える素地さえ、そのころの私にはなかった。いいえ、突きつめて考えてみたら、女性がお茶くみをするのは「普通」だとか「あたりまえ」だとか、そう思うことすらなかった、と言った方が正しいのかもしれない。

「おーい。お茶はまだかな？」

「はい、今すぐ」

「アチチチ。小手鞠さんなあ、こんなに茶碗が熱かったら、やけどしてしまうがな。おいしいお茶いうのはな、沸騰したお湯をすぐに急須に入れたらあかんのや。湯を沸かしたあとで、ちょっとだけ冷ましてから入れるものやで。よう覚えとき。お茶ひと

つ上手にいれられんようでは、こら当分、嫁のもらい手はあらへんな」

部長からお叱りを受けて、

「はい、すみません、以後気をつけます」

と、素直に頭を下げる私であった。

しかしそんな私でも、お手洗いの当番の日、朝顔型の男子トイレをそうじしていて、そこに黒黒とした恥毛なんかを二、三本発見してしまうような朝には「いやっ！」と思ったし、「なんかミジメ！」とも思ったし、ようするに「女って、ソンやわ！」と感じていた。それでも「これはアンフェアだ」とは思わなかった。会社で「なんでこんなこと、せなあかんの」とは思うのだが「男子が男子トイレをそうじしたらええのや」とまでは、思えないのだった。

朝の当番が終わって、私は意気揚々と机につく。

さあきょうも、きばって仕事や、仕事。

私の机の上に置かれているもの。それは白い縦長の封筒の束。封筒のそばには百科事典のようにぶあつい名簿。名簿の表紙には金色の文字で「全国有名紳士録」とか何とか、そういうタイトルが記されている。名簿には医師、弁護士、会社の社長といった人々の名前、住所などが載っている。紳士とはどうやらお金持ちを意味しているようだ。

その名簿の「あ行」から順番に、私は封筒に宛名を書いていく。

ボールペンを握って、黙黙と書く。

背中を丸めて、どんどん書く。

つぎつぎに書く。ひたすら書く。とにかく書く。あー肩こった。でもまだまだ書く。書きつづける。昨日も今日も明日も書く。朝から夕方まで書いている。もしかしたらこのまま永遠に封筒に宛名を書きつづけることになるのかもしれない、と思いながらも書く。

宛名書きのできた封筒がたまりにたまって、五百枚から千枚くらいになったところで、今度は封筒のなかに「新刊のご案内」や注文書や定期購読申込書、振込用紙などをセットにして、入れていく。

なかみを入れ終えたら、銀行員が紙幣をさばくようにしてさばき、封筒の裏の糊代だけがそろって外に出ている状態にして、机の上に封筒をずらーっと並べる。そこに、刷毛を使って糊を一気にばーっとつける。ここで、糊をつけすぎないことが、きれいに封筒を貼るコツのようなものだ。そのあとは、左手で十枚くらいの封筒の端をつかんで持ちあげ、一枚ずつ、机の上にぱたぱた落としながら、同時に右手で、落ちてくる封筒の糊代をぺたぺた折りかえしていく。こうやって封筒に封をしていくのである。

私は部長から「きみの糊貼りはきれいで、速いなあ」とほめられた。大学時代の壁紙の見本貼りの内職の経験が、こんなところで活かされるとは思ってもみなかった。

さて、封をしたら、封筒の数を数えて、百枚ずつ紐で縛り、紙袋に入れて、近くの郵便局まで持っていく。そこでまとめて別納のスタンプを押し、別納料金を支払う。

ダイレクトメールの発送。略して、DM発送。これが新入社員の私に与えられた最初の仕事だった。

私は嬉々《きき》として、この仕事をこなした。宛名書きも糊貼りも何もかも、楽しかった。どのような仕事でも、とにかく「仕事をまかされる」ということは楽しいものなのである。

DM発送のほかにはコピーの仕事。これも資料館で鍛えてあったからお手のもの。

「この本一冊、至急頼むわ」

「この書類、百枚」

「これ、千枚な」

なんていうのがあっても、驚きもしない。

そのころ思文閣出版には、コンピュータはもちろんのこと、ワープロも存在しなかった（ワープロが普及しはじめるのは一九八〇年ごろからである）。だから原稿依頼の手紙はもちろんのこと、挨拶文、案内状、お知らせ、報告書、企画書など、すべての文書は手書きだった。手書きの文書をコピーして配っていたのである。だから、

「これ、清書して。明日の会議に使うから」

「この手紙、筆ペンで清書してくれるか」

というような仕事もよく回ってきた。

コピーでも清書でも、仕事は仕事だ。仕事がある場所には私の居場所がある。そんなふうに私は感じていた。自分の居場所があるということはとても誇らしく、心強いことだった。私は社会人になってから、大学時代とはくらべものにならないくらい、強くなった自分を感じていた。

だがそんな強さは、今にして思えば、本当にもろいものであった。ちょっとつつけばすぐにぐらつき、風が吹けば跡形もなく消えてしまうような、見かけだけの強さだった。

いつものように封筒の糊貼りをしていると、編集部主任の武内さんが近くに寄ってきて、耳打ちした。

「小手鞠さんには悪いけど、このＤＭなあ、千通出しても、そのなかで反応がくると

したら一通、それもあるかないかの確率なんやで」

　武内さんはさらにこう言った。

「こんな効率の悪いDMなんかさっさと廃止して、もっとちゃんと書店営業をしたらええのや。ほんまにあの能なし部長のやることときたら！　小手鞠さんかて、毎日毎日こんなつまらん仕事してたら、頭がヘンになってしまうやろ。なんのために大学出たか、わからへんやろ」

　入社して三日後には私も気づいていたのだが、武内さんと出版部の部長はたいそう仲が悪かった。何かにつけて意見が対立し、武内さんが黒と言えば、部長は白と言い、武内さんが「ああ」と言えば、部長は「こう」と言った。

　武内さんは大谷大学の大学院の修士課程を修了した人で、専攻は国文学だったと思うが、とにかく博学で、それはそれは豊富な知識の持ち主だった。とくに日本史、仏教思想、日本美術、茶道、華道、そういった分野にめっぽう強くて、社内では、わからないことは武内さんに聞けば何でもわかる、とまで言われていた。思文閣出版で出している本といえば当時は、日本史、美術史、文化史、思想史、宗教史などが中心だったから、武内さんはまさに思文閣出版にとって、なくてはならない人物だったといえる。

武内さんの机の上には硯《すずり》が置かれていた。社内の伝言メモや仕事の指示なんかもすべて、毛筆でさらさらっと書くような人だった。私の机は武内さんのすぐそばだったので、毎朝、武内さんが磨《す》っている墨の香りが漂ってきた。その香りを胸に吸いこむのが私は好きだった。

しかし、武内さんはいわゆる学究肌の人ではあったけれど、社員旅行の宴会の席では、浴衣《ゆかた》の下に何も身につけないでみんなの前に出てきて、手拍子に合わせて踊りながら浴衣を脱いでいき、そのあとはお盆を手に持って、巧みにあそこを隠しながら踊る、いわゆる裸踊りの達人でもあった。

一方の部長は、裸踊りができるような器量の持ち主ではない。生《き》まじめで、おだやかで、一見温和な人物のようにも見えたが、武内さんのようにはっきりとものは言わないから、何となく、何を考えているのかわからない人といったふうでもあった。

犬猿の仲という言葉があるけれど、武内さんを、ものすごく賢いがワンワン・キャンキャンしょっちゅう吠えている「犬」にたとえるなら、部長は、いかにも従順そうな大型犬みたいな顔の下に、立ちまわりのうまい、策略好きな顔を隠しもった「猿」であると言えた。

図に描いて示すと、思文閣出版内部の権力構造はこのようになっていた。

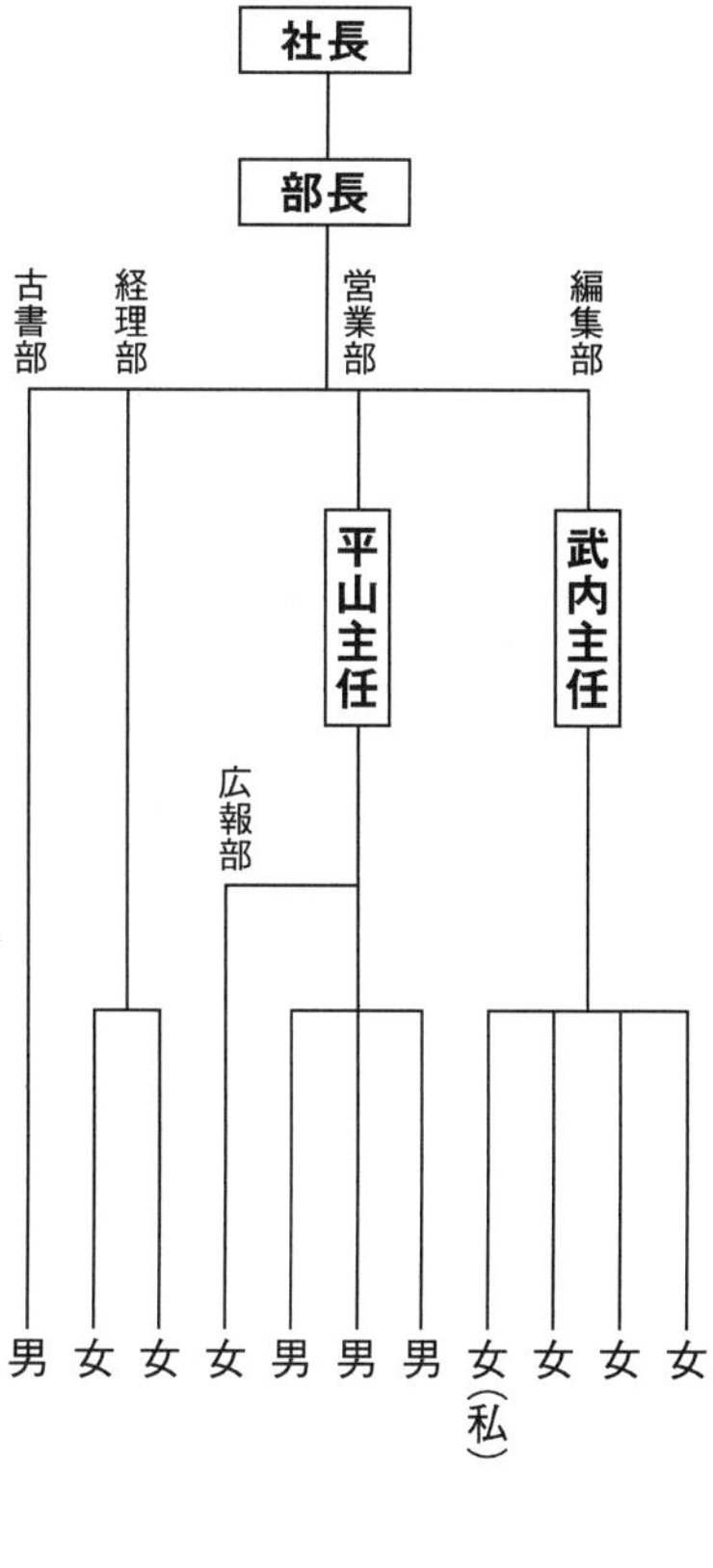

つまり私の上には、武内さんという直接の上司と、部長というもうひとりの上司がいた。

この会社に入ってから辞めるまでの約二年半、私はつねにこの犬猿の上司のあいだにはさまって、揺れうごきながら、四苦八苦しながら働くことになるのだが、それは私にとって、会社の持つダイナミズムみたいなものを肌で感じることができた貴重な体験であった。

会社という組織は、仕事や商品や契約やお金だけではなくて、会社内部の人と人とのあいだにある権力構造、その力学によっても、動いていくものなのだ。それに揉《も》まれながら仕事をしていくことこそが、会社で働くおもしろさの一要素でもあるのだろう、おそらく。私はそれが「おもしろい」という域に達する前に会社を辞めてしまったから、偉そうなことは言えないのだけれど。とにかく、会社に入って本気で働こうとするなら、ただ一生懸命仕事をするだけではなくて、複雑で微妙な人間関係のなかで上手に泳いでいく術《すべ》も身につけなくてはならない。根気よく泳いでいこうとする気力や情熱がなければ、会社のなかで自分を生かすこと、自分を守ることは難しい、とも言えるだろう。当時の私にはまだまだ、そこのところがわかっていなかった。


入社して、一ヶ月くらいが過ぎていただろうか。

そろそろ単調なＤＭ発送にも嫌気がさしかけてきたころだった。

いつものように朝のそうじ当番を終えて机につき、宛名書きの名簿を広げようとしていると、背中から部長の声がかかった。

「小手鞠さん、ちょっと」

立ちあがって部長のデスクのそばまで行くと、彼は私の顔を見あげて言った。

「そろそろ、編集の仕事、やってみるか？」

「はいっ！」

「えーっとだね。秋から刊行予定の『日本医史学雑誌』をきみにまかせようと思う」

部長は机の引き出しからぶあついファイルのようなものを取りだして、広げた。私の胸は高鳴っていた。とうとう、こんな日がやってきたのだ。

「日本医史学雑誌」というのは日本医史学会が明治十三年から発行しつづけている学術雑誌で、昭和十五年までは「中外医事新報」という名前だった。思文閣出版では、昭和三年から昭和十九年の号までを数冊ずつまとめて一冊の本にし、再出版しようとしていた。こういう出版のことを復刻という。

復刻版「日本医史学雑誌」は、全巻で十八冊の刊行が予定されていた。一冊の価格はだいたい九、〇〇〇円前後。全巻一括購入をすれば一四七、五〇〇円。宛名書きの名簿が、お金持ちの紳士録だったわけもわかるというものだ。

復刻の仕事は、青焼きと呼ばれる校正紙のチェックから始まる。

印刷屋さんから届いたばかりの、少し湿った感じのするブルーの用紙を一枚、一枚、めくっていく。とはいえ、私はページ内容を読んだり、文字校正をしたりするのではない。復刻出版の場合、編集者はまずページの順番が合っているかどうか、つまり数字が通しで流れているかどうかをチェックする。そのあとで今度は各ページにゴミ、汚れ、しみなどがついていないかどうか、一ページごとに見ていく。もしも汚れがついていたら、そこを赤いボールペンで囲んで、傍線を欄外まで引っぱって「ヨゴレ、トル」などと書く。簡単な作業ではあるけれど、封筒の宛名書きにくらべると、格段にやりがいのある仕事だ。

部長は仕事の内容を細かく説明したあとで、

「中扉のデザインも、きみが考えて決めて」

と言った。

中扉というのは、本の表紙を開けると、まず見返しと呼ばれる紙があって、その次にくる扉ページのことである。

「日本医史学雑誌」の中扉。私が編集者として、生まれてはじめて手がけた創造的な仕事である。

しかし、そのできばえはといえば、まったくセンスの悪い、お恥ずかしい代物だった。そのときは「ようし、これでいい！」と自信を持って、タイトル文字の大きさを示す級数を指定したのだけれど、いざできあがった中扉を見てみると、目玉が飛びだすほどに文字が大きかった。こんなにでっかい文字が印刷されている中扉、世界中どこをさがしてもあらへんで、と我ながらあきれてしまった。

私は今でも、どんな本を手にとっても、ひとまず中扉を開いて、穴があくほど見つめてしまう。中扉を見るたびに、何かなつかしい、せつない思いが胸をよぎっていく。

「日本医史学雑誌」は各号に「月報」を付けることになっていた。

十ページ程度の小冊子である。

毎号、二、三人の有名な医学博士や大学教授や研究者に原稿執筆を依頼して、それを取りにいったり、送っていただいたりして、編集し、印刷所に入稿する。これはいかにも編集者の仕事らしい仕事だった。

そのなかにひとり、編集者泣かせの先生がいた。

この先生は日本医史学会のお偉方だったので、三号に一度くらいの頻度で原稿を依頼することになっていた。ところがこの先生の手書きの文字、これが非常に読みづらいものだった。いいえ、読みづらいというよりも、ほとんど判読不可能と言っていいほどだった。送られてきた原稿を広げると、そこにはミミズ、ムカデ、アリ、ナメクジが這いずりまわったあとが残っている……先生には申し訳ないけれど、本当にこんな表現が決して大袈裟ではないと思えるような有様だった。

それでも私は原稿に食らいつくようにして、一文字、一文字、暗号を解読するようにして、清書していく。まさに原稿との格闘だった。

どうしても読めない文字はまず部長にたずね、武内さんにたずね、それでも解決できないときにはコピーをとって、社内に回覧した。たまたま社長が社長室にいれば、社長にもたずねた。しかしそれでも読めない文字、判読不能な文節は残った。

私はおそるおそる先生のご自宅に電話をかける。「文字が読めない」などとは口が裂けても言えない。「ちょっとご確認させていただきたいことがございまして」と、ていねいに述べる。

先生はとても優しい方だった。が、ご老齢だったせいか、多少お耳が遠くなっておられた。だからその分だけ、私の声は大きくなる。大声をはりあげて、

「いちまいめのー、みぎからかぞえて、一、二、三、四、五、ごぎょうめをごらんくださいますかー。そこのところで、うえから、一、二、三、四、五、六、ろくもじめのーそこにあります、はい、そのことばなんですけどー、えーっとこれは……」

などというようなやりとりを一時間以上もつづけていると、まわりの人に迷惑がかかってしまう。だから私はその先生に電話をかけるときにはいつも、会議室にこもるようにしていた。やっと電話が終わって受話器を置くと、左腕の肘《ひじ》がすぐには伸ばせ

ないほど痛くなっていたものだ。

そんなふうにして、私の編集者生活は過ぎていった。

事務所で仕事をしていて、たまーに、

「はい、『日本医史学雑誌』、全巻一括購入でございますね。毎度ありがとうございます」

と、経理部の藤井さんが電話注文を受けている声が聞こえたりすると、私の胸は弾んだ。ひとりでにんまりとしていた。自分の手がけた本が売れていく瞬間というのは、種を蒔《ま》いて育てた花が咲いたときのように、うれしいものだった。

本の発送作業は率先して引きうけた。

思文閣出版では本をまずビニール袋に入れてから（雨に濡れる場合を想定していたのか）、書籍小包用の封筒、または箱に入れ、その後、十文字形に紐をかける（袋や箱が破れる場合を想定していたのだろう）ようにしていた。そこまで厳重に梱包していたのは、出版している本がどれもおそろしく高価な本だったからかもしれない。思文閣出版は、いわゆる豪華本と言われるような本の出版を得意としていた。

新刊が届くと社員総出で、十冊か二十冊ずつ茶色の紙に包まれている本を、トラックの荷台から降ろす作業もした。社員が等間隔で並んで、バケツリレーのように、本の包みを手から手へと渡していくのだ。みんな軍手をはめていた。

返品された本を台車に積んで、倉庫まで納めにいくという作業もした。

朝からずっとデスクワークをしていると、こういった肉体労働は良い気分転換になった。

返品を納める倉庫は会社から歩いて十分くらいのところにあった。倉庫といっても、それは住宅街のなかにひっそりと建っている一軒の古い家だった。玄関の戸を開けると、家のなかには書店から返品されてきた書籍がうずたかく、所狭しと積みあげられていた。なんだか哀れな感じがした。結局、だれにもページをめくられることなく、ここでこのまま永遠に埋もれていく本たち。

武内さんは、台車から本を取りあげて、私に渡しながら言う。

「小手鞠さんなあ、欲しい本があったら、ここからなんぼでも持ってかえったらええよ。僕もな、会社には内緒やけど、××全集と○○叢書は家に揃えてあるのや。ふふふ」

でも悲しいかな、私にとって、家まで持ちかえりたいほど興味のある本はそこにはないのだった。

「あの能なし部長の企画いうたら、復刻ばっかりや。こんなじじむさい復刻ばっかりこさえてどないするねん。結局みなここでカビ生やして、終わりや。ますますここが狭くなるだけや。もっと頭を使って、売れる本を出さなあかんのや」

武内さんの手がけている企画はたしかに、返品倉庫で埋もれている復刻に比べると、ちゃんと世の中に出ていって、陽の光を浴びているという気がした。

「評註　茶窓間話」　森敏子著

「かぶき論叢」　郡司正勝著

この二冊はそのころ、武内さんに頼まれて、私が初校チェックをさせてもらった本である。

十二時。朝から待ちに待っていた、お昼休みがやってくる。

どんなに仕事が立てこんでいても、私は十二時になるとぴたっと仕事の手を止めて、立ちあがる。経理部の洋美と広報部の杉本さんもほとんど同時に立ちあがる。

しかし、待った！　がかかることもある。お昼休みにも週に一度の割合で「画廊当番」というのが回ってくるのだ。一階にある画廊の社員がひとりしかいなかったので、お昼休みの一時間だけ、出版部の女性社員が交代で店番をする決まりになっていた。

画廊当番のない日は、事務所を飛びだすようにして、三人で地下の食堂街へと急ぐ。

食堂街と言っても、お店は三軒しかなかった。その三軒と喫茶店ユトリロでは、会社から給料といっしょに支給される食券が使えた。黄色の用紙に印刷された食券は、たしか、四千円か五千円くらいに相当する金券の綴《つづ》りで、二百円分ずつ、切り取って使用するようになっていた。

「ああ、おなかすいた。もうぺこぺこや、おなかと背中がくっつきそうや」

「きょう、どこ行く？」

私たち三人は年齢が同じだったことから、すぐに仲良くなった。洋美は短大を卒業したあと入社していたので、社会人としては二年先輩。杉本さんは私と同じ時期に入社した人。私たちは〈出版部のキャンディーズ〉などと呼ばれていた。

「ごめんさんか？　ヴィヨンさんか？　それともユトリロ？」

「あたし、ヴィヨンさんがええわ」

「きょうのランチ、クリームコロッケやったよ」

「ヴィヨンさんに決まり！」

ごめんさんというのは、うどん屋さんのこと。

ヴィヨンさんというのは、フランス料理店のこと。

京都ではこのようにお店の名前に「さん」を付けて呼ぶ。

「なあなあ小手鞠さん、あのコックさん、かっこええと思わへん？」

「どっちの人？」

「あの、左側の人や。髭生やしたほう」

「そうか？　あたしは右側の人が好きやな。あの人、目がきれいや」

「へーっ、あたしは左や。絶対に左や」

「いや、あたしは右や」

ヴィヨンはカウンターのなかにキッチンがあって、お客のテーブルから、カウンターのなかで働いているコックさんの姿がよく見えた。高いコック帽をかぶったコックさんがふたり、きびきびと動いていた。白い制服の上着が目にまぶしい。彼らの動きには少しの無駄もなく、その仕草は「美しい」と言ってもいいほどで、フライパンを振りながらつぎつぎに注文をさばいていく姿は、見ていて胸がすくほどに気持ちのいいものだった。

「あれーっ。小手鞠さんのコロッケ、あたしらのより大きいのと違う」

「なあ、さっきからあのコックさん、小手鞠さんの方ばっかり見てる気がするで」

「もしかして、あんたに気ぃがあるのとちゃうか」

「どっちの人？　右か左か？　なあ、どっちの人が見てたんや？」

「えーっと、どっちゃったかな」

「はっきりしてえな。そんなええ加減なことでは困るわ」

出版部の三人娘、何ともかまびすしいことであった。


午後三時。お昼からずっと待っていた「おやつの時間」がやってくる。

これも毎日、女性社員が交代で近所の和菓子屋さんまでおやつを買いにいき、もどってからお茶をいれて、全員に配る。きょうはどこで何を買ってきたらいいのか、決めるのは武内さんだった。武内さんはどのお店の、どの銘柄のお菓子がおいしいのかを知りぬいていた。武内さんのおかげで、私は京菓子というものをこの会社で味わいつくすことができたと思う。私のお気に入りは、名もない小さなお店で、おじいさんがひとりでせっせと焼いている「焼き餅」というお菓子だった。こんがりと焼かれた丸いお餅のなかに、ほど良い甘さの粒あんが入っていた。


夕方。五時十五分。おやつが終わってから待ちこがれていた、退社時間がやってくる。

「おさきにー」

「しつれーしまーす」

ガチャンとタイムカードを押して、洋美といっしょに事務所を飛びだす。

きょうはふたりでライブハウスに行くのだ。

杉本さんには大学時代からつきあっている彼氏がいたけれど、私と洋美にはいない。だから私たちはつるんで、仕事帰りにしょっちゅうコンサートやライブハウスに繰りだした。私が贔屓《ひいき》にしていたバンドといえば「誰がカバやねんロックンロールショー」。洋美のご贔屓は当時デビューしたばかりだった「RCサクセション」。

そのころ、RCサクセションは矢沢永吉の前座をつとめていた。伏見桃山城でおこなわれた永ちゃんのコンサートで、化粧をして、髪の毛を立てたキヨシローさんが出てくると、

「かえれー、このクソガキー」

「ヘンターイ」

「ひっこめー」

などと罵声が浴びせられ、客席からはコーラの空き缶が投げつけられたりした。私と洋美はそんなキヨシローさんのために、前の晩、必死でこしらえた紙吹雪をまいたり、紙テープを飛ばしたりしたものだった。

そういえば「路地裏の少年」で、やはりデビューしたばかりだった浜田省吾も、私と洋美の共通のアイドル（！）だった。浜田省吾の「風を感じて」は、私たちの人生のテーマ曲でもあった。のちに浜田省吾もRCサクセションもビッグなスターになったけれど、私が好きだった「誰がカバやねん」はどうなったのだろう。普通のおじさんになったのかしら？

はじめてもらった給料で、私は弟にエレキギターを買ってやった。弟はそのころローリング・ストーンズに夢中だった。

はじめてもらったボーナスで、私は自分のために中古車を買った。スバルという名の黄色い小型車だった。二十万円くらいで買ったと記憶している。これで、雨降りの日、合羽を着て、下半身ずぶぬれになりながらバイクに乗らなくてもすむ、と思うとうれしかった。

この黄色い車にはそれから四年くらいのあいだ、ずっと乗っていた。私の二十代に起こった大切な出来事を、涙の味もふくめて、みな知っている車である。

私は車を持ち、仕事を持ち、自分の居場所を持ち、経済的に自立していた。自分で稼いだお金で欲しいものは何でも買うことができたし、行きたいところがあればどこへでも行くことができた。目の前には楽しいことがいっぱいあって、将来にはもっと楽しいこと、もっと素敵なことがいっぱい、私を待ってくれているに違いない、そんな予感に包まれていた。浜田省吾の歌のように、自由に生きていく方法は百通りだってある、と。

空はなにいろ？　とたずねられたら、私の空は薔薇色だった。

幸福の予感。恋の予感。それは、ちょっと足を踏みはずしただけで、まっさかさまに転がり落ちてしまいそうな深い落とし穴、あるいは、ちょっと爪先で触れてしまっただけで、それまでの人生がぶっ飛んで、粉々になってしまうような破壊力を持った地雷、そんな危険とすぐ隣りあわせにあるような、幸福の予感だった。けれども、うかれ気分でいる私にはそんな落とし穴も、そんな地雷も、まったく見えていないのだった。

第八話　結婚しようよ

京都の夏はめっぽう暑い。

太陽がかーっと照りつけるような暑さではない。むし暑い。じっとしていても、体中に汗がじっとりとにじんでくるような暑さである。手のひらなんか、いつも汗でべったりと湿っている。髪の毛さえも汗をかいている。京都の夏をはじめて経験した大学一年生のときには、私は暑気あたりを起こして高熱を出し、三日ほど寝こんでしまったものだった。

そんな暑さのなか、山々が火に焦がされる夜がある。

八月十六日午後八時からおこなわれる大文字焼きだ。京都の人々は大文字焼きとは呼ばない。五山《ござんの》送り火と言う。十三日にお迎えした御先祖様の霊を送り火でお送りするのである。

思文閣出版では毎年、業者や執筆者などお世話になっている人々を招待して、社屋の屋上で「送り火鑑賞会」を開いた。屋上にあがると、東山の如意《にょい》ヶ嶽《がたけ》に大文字、金閣寺近くの大北山に左大文字、松ヶ崎の西山に「妙」、東山に「法」、そして西賀茂の明見山に舟形が見えた。あとひとつ、北嵯峨《きたさが》の水尾山に鳥居の形が焼きぬかれるが、それだけは見えなかった。

私たち女性社員はお客様にビールをついでまわったり、おつまみを運んだり、火がつくまでは忙しく走りまわっている。午後八時になると、はるかかなたの山々にぽつぽつぽつと火がつきはじめる。火ははじめは優しく、淡く、何となく頼りなげな感じさえするのだが、やがて、濃いオレンジ色の炎となって燃えあがり、文字をなぞり、文字を焦がす。

力強い。けれども儚《はかな》い。送り火は、決して優しくはない京の町でひとり何とか生きている私への、京都からの贈り物のように見えた。

私が入社したその年の夏、編集部の先輩社員の渡辺さんが退職した。

彼女はそのとき二十四歳。秋に滋賀県のお寺さんへ「お嫁に行く」ことになっていた。結婚退職である。渡辺さんの仕事ぶりはきわめて優秀で、部長にも武内さんにも気に入られていたし、性格も明るくて、社内のみんなに人気があった。だから渡辺さんが辞めることを惜しんでいる人はおおぜいいた。けれどもその一方で、

「やはり女の子はこういうふうに、みなから惜しまれて辞めていくのがええのや。ぱっと咲いてぱっと散る、それが女の花や」

と武内さんは言ったし、社長も部長も送別会で同じようなことを言った。

「これからは家庭のなかで、花を咲かせてください」

私は渡辺さんが担当していた「佛教藝術」の仕事を引きつぐことになった。

「佛教藝術」というのは、昭和二十三年から毎日新聞社が刊行してきた仏教芸術研究の学術雑誌で、思文閣出版では創刊号から八十号までを全二十二冊にまとめて復刻出版することになっていた。本の体裁、装幀、デザイン、印刷屋さんとのやりとり、刊行スケジュールの調整、広報部への連絡など、仕事の流れの基本ラインはすでに渡辺さんがしっかりと築いていてくれていたので、私はさまざまな編集作業を予定に従ってこなせばそれでよかった。作業というのは「日本医史学雑誌」と同じ、青焼きのチェックである。

渡辺さんが辞めてから、私の仕事はいっそう忙しくなり、毎日はとても充実していた。

そんなある日のこと。

朝十時ごろに経理部に電話がかかってきた。電話に出たのは藤井さんだった。

その電話がなかなか終わらない。やたらに長くかかっている。藤井さんの口調はさっきからとぎれがちである。

「はあ……はあ……それはどうも……まことに何とお詫びをしたらよろしいのやら、はあ……そうでございますか。はあ、はあ、それは……早急に調査をいたしまして、はあ、はあ、まことに申し訳ないことでございます。はあ……はあ……」

苦情の電話に違いなかった。

やがて藤井さんは受話器を静かに置くと、おもむろに立ちあがり、まっすぐに私の席までやってきた。藤井さんは女性社員のなかでは最年長で、おそらく五十歳くらいではなかったかと思う。藤井さんは声を抑えぎみにして、内緒話をするように、私に話しかけた。

「小手鞠さん、じつはさっきの電話はな、『佛教藝術』を定期購読したはる×××寺のお方からやったんやけど」

事情を聞いて、私の顔色はまっ青になった。そのとき机の上に置いてあった青焼きほどに。いや、それ以上に。藤井さんの話によると、届いたばかりの号のある数ページとある数ページの順番がごっそり入れかわっているのだという。それは百パーセント、私の責任だった。私のチェックもれだ。そのときは部長も武内さんも営業部の社員もみんな外出中で、会社には女性社員だけが残っていた。

みんなで相談した結果、とりあえず、書店と取次店、直接購読者全員に電話をかけて、その号を回収しようということになった。手分けをして、かたっぱしから電話をかけた。しばらくのあいだ社内では「すみません」「まことに申し訳ありません」「たいへんお手数をおかけいたします」「何とお詫びを申し上げたらよいのやら」がこだましていた。

お昼過ぎに部長がもどってきたので、私は事情を説明した。

叱られるかと思ったけれど、部長は、

「以後気をつけてくれよ」

とひとこと言っただけで、そのあとは、後始末の付け方について、懇切丁寧に教えてくれた。

翌日から一週間、朝から夕方まで私は京都中を走りまわっていた。

本の回収は、できるだけ、着払い方式で購読者に返送をお願いするようにしたが、書店や取次店、購読部数の多い図書館や大学、それから「取りにきてほしい」とリクエストされた購読者のお宅へは、営業部の平山さんといっしょに引き取りに出向いた。引取先ではひたすら頭を下げ、平謝りに謝った。そうやって回収したものを、まとめて印刷屋さんに持っていった。

印刷屋さんの技術はまるでマジックのようにすばらしかった。数日後、もどってきた号を見ると、入れかわっていたページが見事に正しい位置に収まっていた。が、これは全ページ刷り直したりしたのではなかった。間違っている数ページを根もとから切りとって、それを正しい位置に入れこんで、貼ってあるのだ。だが一見しただけでは、どこをどう切りとって、どこに貼りつけてあるのか、決してわかりはしない。それくらい精巧な修繕作業が施されていた。私はふたたび車に乗りこんで、修繕された号の配達をしてまわり、配達からもどると荷造り室にこもって、せっせと再発送作業に精を出した。

この間、会社のなかにはだれひとりとして、私を責めたり、文句を言ったりする人はいなかった。みんなそれぞれに自分の仕事で手一杯で、そこにこんなやっかいな他人のミスの後始末が舞いこんできて、愚痴のひとつも言いたい気分だったことだろう。でも愚痴を言うどころか、みんな「気にしたらあかんよ」「どうってことあらへん」「気分転換になったわ」「人間やし、間違いうことはだれにでもあるよ」などと言って、私を慰めてくれた。人の情けが胸にしみた。

その年の冬のボーナスは同期の杉本さんよりも数万円少なかった。当然の結果だと思った。金銭的にも時間的にも会社に多大な迷惑をかけたのだから。どんな仕事でも、仕事はつねに金銭と、深く、しっかりと結びついている。仕事は決してきれい事ではない。それはごくあたり前のことで、自明の理で、別にそのときにはじめて気づいたわけでもなかったのだけれど、それでも、自分のミスが減給という制裁を受けたことによって、私の目には仕事とお金の関係がいっそうはっきりと見えるようになった。貴重な体験だった。


秋ごろから、編集業務のかたわら、思文閣美術館の仕事を手伝うことになった。展覧会の催し物は日本の伝統工芸、書画、古美術などが中心だったが、あるとき、俳優でもあり演出家でもある米倉斉加年《まさかね》さんの絵の展覧会が開かれることになった。私は米倉さんのアテンドという仕事を仰せつけられ、緊張しながらも、はりきっていた。

初日には記念講演会とサイン会が予定されていて、米倉さんが東京から見えられた。サイン会が始まる十五分ほど前のことだった。

　すでに会場の外にはおおぜいのファンが色紙や画集を持って並んでいた。私は米倉さんをサイン会場へと案内した。サインをするためのデスクには白い布が掛けられ、グラスとお水が用意され、サインペンや筆ペンなどが置かれていた。

「小手鞠さん、これではサインはできない。ひとつ足りないものがあります」

　米倉さんは会場を一瞥《いちべつ》したあと、私の目をまっすぐに見て、そう言った。

「は、何でしょうか？」

「わかりませんか。よく見てごらんなさい」

　そう言われても、私には何が足りないのか、まったくわからない。机と椅子。お水とグラス。サインするためのペン。色紙、図録、画集、展覧会のパンフレットなどなど。すべてぬかりなく揃えてあると思うのだけれど。

　私が考えこんでいると、米倉さんはふふっと笑みを浮かべて言った。

「あなたを困らせるのが僕の目的ではないから、教えてあげましょう。花です。あの机の上に花を置いてください」

「花ですか！」

　サイン会が始まるまでに、あと十分しかない。私は脱兎のごとく階段を駆けおりて、近くの花屋さんに飛びこんだ。息せき切って事情を説明すると、店員さんはいたって

のんびりした口調で、

「えーっとそのお方、きょうは何色の上着を着てはりますのん？」

とたずねる。

私は一瞬「そんなことどうでもええやんか。なんでそんなこと聞くのや？」と思ったけれど、すぐに、はっと気づいた。彼女は米倉さんの服装に映えるようなお花をアレンジしてくれようとしていたのだ。

五分後、黄色い薔薇と青紫色のアイリス、という目の覚めるような色の組みあわせのフラワーバスケットが、私の目の前にさしだされていた。魔法のランプに向かっておまじないをとなえても、こんなにうまくは出てこないだろうと思った。

「おおきに！　助かりました」

私はお花を胸に抱えて美術館へつづく階段を駆けあがりながら、思っていた。

「プロの仕事って、美しい」

花が必要だと言った米倉さんも芸術家なら、それに応えてくれた花屋の店員さんも芸術家だった。


年が明けて一九七九年。社会人になって、そろそろ一年が過ぎようとしていた。

ある日のお昼休みのこと。

ごめんさんで、洋美と杉本さんと私の三人娘はうどん定食を食べていた。手打ちうどんに、天ぷら、かやく御飯、お漬け物がついて、四百五十円だ。

「わたし、今年の夏のボーナスをもらったあとで、この会社、辞めようと思うんや」

杉本さんが言った。もちろん、結婚退職である。杉本さんには大学時代からつきあってきた彼氏がいるのを知っていたから、私はまったく驚きはしなかった。ところが、

「じつはわたしも今年いっぱいで……」

と、洋美までが言うので、私は驚いて、割り箸をうどんのなかに落としてしまった。

洋美の場合は結婚退職ではなかった。洋美は、今やっている経理の仕事はどうも自分には向いていないと感じている、そこで会社を辞め、しばらくアルバイトをしながら、大阪にある「エディタースクール」というところに通って、編集の技術を身につけようと思う、それからあらためて就職活動をし、どこか別の出版社に入りたい、と、語った。

今なら別に珍しくも何ともないことだが、当時、洋美のように、結婚退職ではない会社の辞め方をする女性は非常に稀な存在だった。それに、女性が転職する、ということだって、あのころは画期的な出来事だったのだ。キャリアアップなどという言葉

もなかった時代、洋美はまさに先駆けであった。

私は何だかふたりに取り残されたような気分だった。

その日の午後。三時になって、おやつ当番だった私は経理部の藤井さんから千円札を二枚もらい、それを握って、武内さんが指定したお店まで歩いておやつを買いに行きながら、ぼんやりと考えていた。

このまま毎日、毎日、使い走りのようなことをやらされて……どんなに仕事が忙しいときでも「おい、社長室にお茶三つ！」と言われたら、弾《はじ》かれたように立ちあがり台所へ走る……「灰皿洗ってくれ」「はい」……でも……これでいいのだろうか……こんなことばかりくりかえしていて……ほんとうにいいのか……私の人生は……

そんな思いが胸のなかでぐるぐる回っている。

杉本さんは結婚。洋美は転職。ふたりとも自分の意思できっちりと人生に句読点を打っているのに、私はこのままずるずるしていて、いいのだろうか？

おそらく三十五歳から四十歳くらいの間だったと思うが、会社には私よりも年上の女性の編集部員がふたりいた。ふたりとも頭の切れる賢い女性で、美人で、あたたかくて優しい人たちだった。黙黙と働いていた。私は彼女たちのことが大好きだったし、尊敬もしていた。しかし彼女たちが日ごろ、武内さんや部長から、どんなふうに陰口をたたかれているか、私はよく知っていた。

ひとりは離婚した人で「働かないと、食べていけないから」働いている、もうひとりは独身で「嫁のもらい手がないから」働いている、と言われていた。女性が三十五歳を過ぎてもまだ会社で働いているということは、何らかの「わけアリや」というのが、当時の一般的な解釈であった。現在、こういった言葉が死語になっていることを切に望んでいるが、離婚した人は「出もどり」と呼ばれ、結婚していない人は「いき遅れ」「いかず後家」「売れ残り」などと呼ばれていた。

そのころの結婚適齢期は二十四か、二十五歳だった。

いったいどこのだれが決めたんや！　あほらしい！　なんの根拠があって言うとるのじゃ！

と、今の私なら笑いとばせるのだが、当時は爪を噛みながら、真剣に悩んでいた。二十四歳までには何とかせなあかん、と。もうあと一年しかあらへん、と。

結婚適齢期はそれから徐々にあがっていき、今では三十歳くらいになっていると聞く。いや、それ以上か。うらやましい限りである。私の経験から言えば、結婚するのはどんなに遅くても、遅ければ遅いほど幸せになれる、そんな気がしてならないのだ。

今出川通りを、おやつを買いにとぼとぼ歩いている私は、ふたりの先輩社員のことを考えていた。私から見たら、部長なんかよりも彼女たちの方がよっぽど能力が高くて、センスがあって、人徳もあって、私が社長だったら、彼女たちのどちらかを部長にして、もうひとりを編集長にするだろう、と思った。

しかし、彼女たちは明らかに部長よりも頭が良くて、仕事ができても、決してしゃしゃり出たり、自分の意見を述べたりすることはなかった。能ある鷹は爪隠すだった。出る杭になることを、怖れているふうでもあった。だから部長にどんな理不尽なことを言われても、黙って耐えていた。私はそんな先輩たちに「本当によくがんばっているなあ」と心から敬服していた。けれども同時に、いき遅れなどと言われながら、それでも我慢して働きつづける気力は、私にはとうてい持てない、とも感じていた。もっと正直に書けば、私の心のなかには「あの先輩たちのようには、どうしてもなりたくない」という思いがあるのだった。

「女性の時代」と声高らかに謳われるようになる時代は、じつはすぐ近くまでやってきていた。女性向けの転職情報誌「とらばーゆ」が創刊されるのは翌年のことだったし、そのあとにはキャリアウーマン、バリバリのキャリアウーマン、女性管理職、ワーキングマザー、DINKs……そんな言葉が鳴り物入りでつづくことになる。けれども思文閣出版の事務所のなかには、まだ、その足音すら聞こえてこないのだった。

「女性社員と畳は、新しいのがいい」

などと言われても、それに抗議する女性もいなかった。

もちろん、だれが何と言おうと、わけアリと言われようと、売れ残りと言われようと、私が会社で働きつづけていたければ、そうすればいいのだ。別に会社のほうから私に「辞めてくれ」と言っているのではないのだし。限界があると感じたら、それならその限界を突きぬけていこうとする強さを持って、どこまでもがんばって働きつづけたらいいのだ。それはわかっている。わかっているのだけれど、私にはまだそういう本物の強さがなかった。まわりの人が自分をどのように見ているのか、世間一般の常識（そんなもの、ほとんど意味のないものなのに）に照らしあわせて、自分がどうであるか、そういうことばかりが気になっていた。もうすぐ二十四歳、といえばもうそろそろ結婚退職を控えて、辞表を書いていなくてはならない、そういうプレッシャーが、じわじわと私の背後から迫ってきていた。自分で自分にプレッシャーをかけていたのである。

人は人。自分は自分。何歳で結婚しようと人の勝手。結婚するもしないも人の自由。頭ではわかっているのだけれど、いざ自分のこととなると、心はたちまち振り子のように揺れうごいてしまう。

私はおやつを買って、会社の前までもどってきて立ちどまり、白いマンションを見上げてみた。本当にこのままここに、このビルのなかに埋もれていて、いいのだろうか。でもこの会社を辞めて、いったいつぎに何がしたいのか。女性であること、女性が年齢を重ねていくことが、決して不利にならない職場というのはないものか。そういう職場で、私は一生働きたい。

そんなことを、漠然と考えていた。

「会社がいややと思うのやったら、我慢なんかせんでもええ。嫌なとこはすぐにでも辞めた方がええよ」

鉄男はきっぱりと言いきった。

田中鉄男。ヴィヨンのコックさんである。

なんとなく、ではあるけれど、会社を辞めたい、この会社で仕事をつづけていく自信がない……と相談すると、鉄男は、私の両親みたいに「石の上にも三年ということわざがあるじゃろう。まだ一年しかたっとらんのに、何を甘ったれたことを言うとるんじゃ！」などと言って、私に忍耐をすすめたりしなかった。

「個人と会社が戦ったら、どうあがいても個人は負ける。個人は会社よりも絶対に不利なんや。それに我慢というものは、せなあかんときにはせなあかんけど、せんでもええような我慢はせんでもええのや。無駄な我慢はしんどいだけや。辛抱するだけ損、ということも世の中にはいろいろとある」

私はテーブルごしに鉄男の綺麗な目を見つめている。

私たちはフランス料理店に来ている。これは五回めのデート。

入り口のドアを開けると、さらに中扉として、そこに黒いビロードのカーテンが床まで下がっている、ちょっと謎めいた感じのお店。客席のテーブルがわずか四つくらいしかない。四条大橋のたもとから先斗町通りに入って、小路を少しだけ上がったところ。店のなかは、京都のどまんなかとは思えないほど静か。近くには鴨川と並んで、禊《みそぎ》川が流れている。

鉄男とのデートは毎回フランス料理店だ。

鉄男という人は寝ても覚めても、朝から晩まで、料理のことしか考えていない。そのころ日本では、こってりしたソースが基本のフランス料理に代わって、素材の持ち味を活かした、どちらかといえばあっさりした風味のフランス料理、ヌーベル・キュイジーヌが注目され始めていた。鉄男はこれにのめりこんでいた。鉄男のアパートに遊びにいくと、いつもヌーベル・キュイジーヌが私を迎えてくれた。鉄男の暮らしていた狭い部屋は、料理書とワインで埋めつくされていた。

鉄男はカラフで頼んだハウスワインを私のグラスに注ぎながら、言う。

「だいたいるいちゃんは今の仕事が気に入ってるんか？　会社やのうて、仕事の中身や。仕事の中身が好きで好きでたまらんのやったら、会社が嫌でも、そら辛抱する甲斐はあると思うけど。どうなんや？」

「うーん。好きなんかどうか、自分でもようわからへん」

これは正直な答えだった。編集業というか、私のやっているのは編集雑務といったほうが近いものだったけれど、とにかく編集の仕事がそんなに好きで好きでたまらない、とはどうしても思えない。嫌いではないのだけれど。ただ漠然と「なんか、違う」と思っていた。鉛筆を削っても、削っても、どうしても鉛筆の芯の先が尖《とが》らない、そんなもどかしさを抱えて、毎日、仕事をしていた。

「ほかに何かやりたい仕事はないんか？　これは絶対と思えるような仕事は」

あることはあるのだが、それはまだ口にできない。口にして、鉄男に笑われるのがこわいのだ。

「どうなんや」

鉄男はなおも私にたずねる。

「まあ、しいて言えば、学校の先生かなあ」

あこがれの職業とは別に、これは少しずつ、私の心に芽生えはじめていた気持ちだった。大学時代に資料館から保育園に転職したときにも感じていたことだったけれど、私にはどうも「もの」よりも「人」を相手にした仕事の方が性に合っているような気がしていた。それに教師なら、女性の若さだけが偏重されることもないだろうし、結婚しても子どもを産んでも、つづけられる仕事なのではないかと思っていた。

とはいえ、学校の先生になるためには教員採用試験に合格しなくてはならない。私は社会科ではなくて、国語の教師になりたい。そのためには国語の教員免許も取らなくてはならない。道は遠く、険しい。

テーブルにオードブルが届いた。

「じつは俺もそろそろ、あの店を辞めようかと思うてる」

「えっ、なんで?」

鉄男の話によると、ヴィヨンを一ヶ月ほど前に辞めたコックのあとに新しく入ってきた人が、鉄男よりも経験が長く、年季の入った人だったせいか、鉄男は「ストーブ前」から外されて、洗い場と補助専門にまわされてしまったのだという。ようするに格下げである。それまでは、鉄男ともうひとりのコックさんは一週間ごとの交代制で、ストーブ前と洗い場を代わる代わる担当していたのだった。

「ストーブ前」というのは料理人用語らしくて、ストーブ、つまり火の前で実際にフライパンを振って、料理を仕上げる人を指している。いわば料理の一番おいしい部分を担当しているコックともいえる。鉄男はストーブ前から外されたことがくやしくてならない。

「せやけど俺はな、負け犬みたいに尻尾《しっぽ》を巻いて辞めたりはせえへんよ。あいつから、盗《と》れる技術は全部盗ってから、辞めるつもりや。辞めたあとには絶対に、今よりも待遇のええところへもぐりこんだる。あいつらを見返してやる」

私は鉄男のこういう性格、ど根性、たたきあげ精神、いぶし銀みたいな性格に惚れていた。

鉄男は鹿児島生まれのぴかぴかの九州男児だった。高校を卒業したあと、集団就職で大阪へ出てきた。コックになって最初の一年は大阪国際空港の食堂で毎日毎日、朝から晩まで玉葱《たまねぎ》の皮むきをやった。その後、あちこちのレストラン、食堂を転々としながら修業を重ねた。先輩や親方にどやされながらも技術を盗み、身につけてきた。鉄男は苦労というものを体で知っている人だった。まさに「包丁一本、サラシに巻いて」の男なのである。年は私よりも一つだけ上だったけれど、私にはときどき、鉄男が十歳くらい年上のように感じられたものだった。

　しかしそんな鉄男にも可愛いところがあった。

　私も鉄男も車で通勤していたので、たまに地下の駐車場でばったり出会うことがあった。駐車場は鉄男が着替えをする場所でもあった。だから駐車場の片隅で、上半身裸になって、白いコックの制服に着替えている鉄男の姿を、私は車の陰からこっそりとながめていた。たくましいカラダやわー、などと思いながら。

　ある日、タイムカードを押して退社し、駐車場から車を地上に出したところで、ワイパーに何やら白いものがひっかかっているのに気づいた。いったい何だろう、会社の駐車場で駐車違反の切符でもあるまいし。そう思って車から降りて、はさまったものを手にとってみると、それは封筒だった。なかには鉄男からのラブレターが入っていた。

　可愛かったのはその内容である。何とも、とつとつとした文章で、鉄男のこれまでの経歴などが綴られていた。

「……こんな俺ですけど、良かったらつきあってください」

　と最後は結ばれていた。

　つきあいはじめてから、しみじみわかったことだけれど、鉄男という人はおよそ

「手紙を書く」などという行為とは、ほど遠い次元にいる人だった。たぶん、一生に一度だけ、書いた手紙があの手紙ではなかっただろうか。本だって、料理書と漫画以外は読まない人だったし、まして文章を書く、なんて、それこそ清水《きよみず》の舞台から飛びおりるつもりで書いたのではないかと思う。

その手紙を受けとった夜、私は鉄男の仕事が終わる午後九時半くらいまで時間をつぶして、ふたたび会社の駐車場の入り口まで車でもどって、そこで地下から上がってくる鉄男の車を待ち伏せした。それが手紙に対する私の返事だった。

私はさっきから、フォークで料理を口に運んでいる鉄男の手を見ている。料理人の手。太くて、ごつごつした、でもとても器用な指。

「あれっ。もう終わり？　残してしまうの、なんで食べへんの？　もったいないやん。あたし食べてあげようか」

鉄男は、鴨肉と、添えられた野菜にそれぞれ少しずつ手をつけ、野菜は全部食べたが、鴨肉はほとんどそのまま残そうとしている。

「いや、これでええねん。こうした方が料理人のためになる。コックはこれが知りたい思うとるんや」

店によっては、鉄男のことを同業者だと見抜いて、オーナーが挨拶にきたり、メニューにはない一品を、よかったら食べてみてください、と出してくれたり、そんなことも少なからずあった。

プロのコックのなかには、家では料理はいっさいしないという人もいると思うけれど、鉄男は違った。家でもこまめに毎朝毎晩、料理をしていた。フランス料理に限らず、ハンバーグとかロールキャベツとかカレーとか、そういう家庭料理をつくるのもうまかった。玉葱とじゃがいもとトマトだけで、おいしいスープをつくったりすることもできた。私はそれを試食すればよかった。鉄男の料理はいつも、できあがると同時に流し場の洗い物もきれいに片づいていた。

鉄男といっしょに市場《いちば》に買い物に行くと、時間がかかって仕方がなかった。野菜ひとつ選ぶのにも手で触り、匂いを嗅《か》ぎ、店の人にいちいち質問をするからだ。

たまに、私が手料理をこしらえて、鉄男に食べてもらうこともあったが、そしてそれは私なりにがんばって、心をこめてつくった料理のつもりであるが、鉄男は、

「るいちゃんの料理は、グルメの合間に食べるあっさりしたお茶漬けみたいにおいしいなあ。胃腸の休憩になった」

「う〜ん、これは非常食として、ええかもしれんなあ」

などと、ほめているのか、けなしているのか、わからないような言葉でほめてくれるのだった。

私たちは店を出て、夜風に吹かれながら、木屋町《きやまち》通りを北へ北へ、あてもなくぶらぶら歩いていく。通りに添って流れているのは、高瀬川。高瀬川には小さな石橋、木の橋がいっぱいかかっている。私たちはワインでほろ酔い加減になっていて、橋を渡りつ、もどりつしながら、歩く。腕を組んで、ぴったりと寄り添って。恋小路を上がったり、下がったり。

私はついさっき店で聞かされた鉄男の「夢」に思いを馳せている。

鉄男は言った。

「俺の夢は、いつか自分の店を持つことなんや。今はそのために腕を磨いて、お金をためる時期やと思うてる。俺の夢は夢では終わらせへん。何があっても実現してやる」

鉄男の店。鉄男のフランス料理店。鉄男のビストロ。

私はうっとりしている。まさに夢見心地とはこのこと。

ところで、私の夢はいったいどこへ行ったのか？

恋は盲目という言葉があるが、そのころの私はまさにそういう状態だった。鉄男への思いに世界が塗りかえられてしまっていて、まるで目の前に薄い膜が張ってしまったようになっていて、もう自分の夢など、どうでもよくなっていた。私の夢は今や、鉄男の夢だった。鉄男の夢に、自分の人生をぜんぶ明け渡してしまいたい気分だった。

しかし、それは結局、恋の仮面を借りた逃げの姿勢であった。

私は会社で働くことに疲れていたのだ。毎日の使い走りに疲れていたのだ。だからどこかに逃げこみたかった。そこに鉄男がいて、鉄男の夢があった。私は結婚に夢を託す女性の気持ちが痛いほどわかる。私もその経験者だから。

しかし経験者として、ひとつだけ言えることがある。結婚は、仕事や夢の代用物にはならない。結婚には決して夢は託してはならない。なぜなら結婚は生活そのものだから。結婚とは、流しにたまる洗い物、洗濯機のなかでまわる洗濯物、掃除機の音、冷蔵庫のなかの食料品、なのだから。だから相手をどんなにどんなに愛していても、どんなりっぱな玉の輿《こし》であっても、結婚に夢を託してはいけない。幸せに生きようと思ったら、自分の夢はどんなことがあっても捨てないで、あきらめないで、ひとりでこっそりと夢を見つづけていくことだ。

夏の終わりに杉本さんが惜しまれて退職し、秋風が吹き、紅葉した落ち葉が散り、比叡おろしが吹いて、洋美も会社を辞めた。

私はあいかわらず朝の当番、昼の当番、おやつ当番をこなしながら、お茶をいれ、コピーを取り、使い走りに出かけながら、その合間を縫って編集雑務をこなしていた。

年が明けてから、古書部の仕事の手伝いもするようになっていた。

古書というのはいわゆる古本とは違う。両者を区別する基準がどこにあるのか私は知らないけれど、とにかく古書というのは、古本よりももっと古い書物のことである（と、私なりに解釈しておく）。たとえばそれは、

誠忠義士伝
歌川国芳画　嘉永期刊　海老林版　彩色刷　五十枚揃　三井家伝来
一紙竪36・3糎　横25・5糎　全長12米60糎　巻子装　箱入
1200000円

といったような書物のこと（「思文閣古書資料目録」第一五八号より引用）。

古書部は出版部の隣、今出川通りに面したガラス張りの広い部屋にあった。窓際の部屋はとても広く、陽あたりが良かった。そこには足の踏み場もないほどの古書が積

みあげられていた。陽あたりの良い部屋に古書部があったのは、そこで古書の虫干しをするためだったのかもしれない。

私の仕事は、大隅さんというおじいさん社員が、どこからか仕入れてきた古書の山をほどいて、リストとつきあわせて確認したり、デパートや催事場で催される「古書市」が近づくと、それに出品する古書に値段票や短冊をつけたり、白い帯をかけたりする作業だった。図録の原稿を書いたり、チラシを作ったりもした。

ふだんはだいたい大隅さんがひとりでコツコツやっているのだが、手が足りなくなると、編集部から女性社員が手伝いに行くことになっていたのだ。古書部の仕事は女性社員たちから忌み嫌われていた。なぜなら、古書の部屋に小一時間もいると、くしゃみ、鼻水、鼻づまりといった風邪の諸症状が出たり、かゆみ、湿しん、蕁麻疹《じんましん》といった花粉症の症状が出たりするのである。症状は人によって異なるが、私は主にくしゃみと全身のかゆみに襲われた。おそらく古書のなかに含まれている埃《ほこり》、かび、虫などが原因ではなかったかと思う。

しかし、そのくしゃみとかゆみさえ乗りこえれば、古書部の仕事はなかなか味わい深いものではあった。たとえば新刊が、デパートで売られている既製品の洋服だとすれば、古書は、古着屋やアンティークショップで見つける掘り出し物であると言えた。

古書には個性があり、愛嬌があった。渋くて、くせがあって、自己主張をしていて、みんなそれぞれに憎みきれないろくでなし、といった顔ぶれなのだ。

気が遠くなるような長い年月を生きながらえて、今日まで持ちこたえてきているから、破損あり、切れあり、小虫あり、一部小破れあり、小傷みあり、二枚のうち一枚欠、補修済み……などと、さまざまな苦労の跡が古書の顔には刻まれている。

子ども向けの絵本ではないかと思われる古書など、絵を見ているだけで笑えてくるものもある。

そういえば、まだ入社したばかりのころ、経理部の藤井さんが古書の注文を受けている電話を聞いて、ぎょっとしたことがあった。

「はい承知いたしました。……チツ入りでございますね」

チツ入りって、いったい何のこと？　チツといえば私には〝膣〟しか思いうかばない。聞きちがいだろうか、とも思った。

チツ入りとは、帙《ちつ》入りのこと。帙というのは古書を入れる箱のようなもののことで、厚紙に布などを張って作られたものである。

その筋の教養も知識も乏しかった私には、古書は見るだけで、まったく読めもしなかったし、窓に面した部屋で、窓際にぽつんと置かれた机について、古書に囲まれてひとりで仕事をしていると、「窓際族」ってこういう感じなのかな、などと心細く思ったりもした。しかし今にして思えばそこには、あまりにも豊かな世界が広がっていた——。私の貧しい心がそれに気づけなかっただけなのだ。

私はそのとき窓際の机の前で、くしゃみをしながら、短冊の整理をしていた。

窓の外に目をやると、今出川通りの並木がすぐそばまで枝を伸ばしていて、そこに、柔らかい黄緑色の若葉が見えた。あの若い葉はもうすぐ、きれいなハート形の葉っぱになる。私は三月の誕生日で二十四歳になっていた。

「あっ、鉄ちゃん」

通りに、すくっと立っている鉄男の姿があった。

鉄男はまっ白なコックの制服を着ていて、業者の人らしい人と立ち話をしていた。見慣れた鉄男の制服姿がいつになく輝いて見えた。光の加減だったのか、白い制服の白が目に痛いほど白かった。

鉄男が笑っている。素敵な笑顔だと思った。鉄男の体には清潔な血液が流れている、そんなふうにも思った。私はそのとき、鉄男の笑顔に、私の人生の可能性そのものを見ていた。

鉄男が好き。鉄男の夢が好き。そんな思いが胸のなかでむくむく膨らんでいく。この思いはだれにも止められない。胸のなかで大文字がめらめらと燃えていた。

これから先、私はこんなにもだれかを好きになることがあるのだろうか。

そう思った次の瞬間、私は何かに突きうごかされるように立ちあがって、古書部の部屋から飛びだし、階段を駆けおり、走っていた。映画「ロッキー」のテーマ曲が聞こえてきてもおかしくないほどの勢いだった。気がついたら、私は今出川通りに出ていて、鉄男のそばに立っていた。

「おう、なんや、るいちゃんやないか。どないしたんや。仕事中と違うのか」

鉄男は目をまん丸くして、驚いた顔つきで、私を見た。

私ははあはあと荒い呼吸のまま、懸命に言葉を紡いだ。

「鉄ちゃん、あたしと結婚してくれへん？　突然やけど。あたし鉄ちゃんといっしょにお店を持ちたいんや。鉄ちゃんの夢に乗りたいのや。いっしょにお金貯めてふたりで店を出そうよ。あたし客商売が好きやし、喫茶店で働いてたこともあるし、きっとうまいこといくと思うよ。あたし一生懸命働いて、お金貯めるから。あたしもう、人の下でこき使われて働くのはいやなんや。せやからこの会社辞めて、学校の先生になる。なってからでええから、結婚して」

一気にしゃべった。言葉があとからあとからすらすら勝手に出てきて、気持ちがあとからそれについていった、そんな感じだった。言いおえたあとは、それまでもやもやとしていた気持ちが嘘のように晴れて、すがすがしかった。本当は私の心が、私の言葉にまんまと騙されていただけなのかもしれなかった。でもそんなことはこの際どうでも良かった。

とにかく私は鉄男と結婚したかった。鉄男が欲しかった。それだけだった。

鉄男はつぶらな、鹿のような目で私をじっと見下ろしていた。

私は鉄男の答えを待った。

第九話　乙女の祈り

「おはようございまーす」

もうすぐお昼の一時なのに、そんな挨拶をしながら私は出勤し、タイムカードを押す。

午後一時は学習塾の朝一番なのである。

「おおっ小手鞠さん、おはようさん。きょうはなんやしらんけど、色っぽいやんか。きのうの夜、彼氏とええことしたんちゃうか」

林田先生がにやにやしながら私の顔を見て、開口一番にそう言う。

「してませんよ、別に何も」

私は彼の言葉をさらっとかわして、自分の机の前に座る。

いややなあ。なんで朝から（＝昼から）こんなこと言われなあかんのやろ、と、心のなかで思ってはいるけれど、そんなことは口には出さない。

一九八〇年の夏の終わりに思文閣出版をめでたく、まがりなりにも結婚退職した私は、退職した翌週からここ、山川学園で働きはじめた。

山川学園はそのころ、京都市内では五本の指に入るほど人気のある進学塾で、指導の厳しさと有名私立中学・高校への合格率の高さでは定評があった。私は新聞の求人欄で「講師募集」という広告を見つけて、試験と面接を受けにいった。教員採用試験に合格するまでの間、学習塾で教職の実戦を積んでおこうと考えたのだ。面接のときには塾長に、正直にそのことを話した。

「教員浪人ということやな。かまいませんで。うちにはほかにもぎょうさん浪人がいてますのや。敵討ちができるほど、浪士はそろうてます。わっはっはっは」

塾長は、空気の振動が私の頰に伝わってきそうなほどよく通る、はりのある声でそう言って笑った。恰幅が良く、お肌のつやも良く、冬眠から目覚めて元気いっぱいの熊みたいな人だった。

試験と面接を受けたその日に「来週から来てください」と採用された。

試験というのは、じつは塾で使用している小学校六年生用の模擬テストだったのだが、本当に難しかった。算数なんか、私にはちんぷんかんぷんだった。

塾長が言ったとおり、山川学園にはもと警察官、もと新聞記者、もと会計士、もと建築技師、もと公務員、小説家志望、小学校の教員志望、留学をめざして勉強中の人、本当にいろいろなタイプの浪人がいた。社会から少しだけはみ出したつわ者、くせ者の集まりだとも言えた。講師はみんなで二十人くらいいただろうか。女性は私のほかにはふたり。でもそのふたりは、私が入社した翌年には結婚退職をして去っていった。

山川学園は四条烏丸《しじょうからすま》に本校、醍醐《だいご》に分校を持っていた。その後長岡京市にも分校ができた。私は醍醐分校の講師として働くことになった。勤務時間は月曜日から土曜日まで毎日、午後一時から九時半まで。加えて月曜日は朝十時から四条烏丸本校で会議。つまり、お休みは日曜日と祭日だけ。そのかわりに、思文閣出版よりもお給料が良かった。

それから山川学園にはちょっと変わった規則があった。それは社員全員、ゴルフを趣味にしなくてはならない、という決まりだった。ゴルフ道具一式と靴は会社が購入してくれた。午前中にゴルフの打ちっぱなしに行ったり、コースに出て練習したりするという理由であれば、遅刻しても遅刻扱いにはならなかった。給料にはゴルフ手当なるものもついていて、社内のゴルフ大会でスコアが上がればその手当も上がり、ぜんぜん腕が上がらない場合にはペナルティとして手当が下がるという徹底ぶりであった。塾長のゴルフ狂いがこういう制度を生みだしたようだった。

　夏休み、春休み、連休などがやってくると、かならずと言っていいほどゴルフ大会が開かれた。もちろんこれは仕事だから、参加しないでいると欠勤あつかいになった。

　ゴルフのあとは社員全員で祇園のクラブへ繰りだして、表彰式と宴会。お酒を飲み、カラオケで歌を歌い、踊りを踊る。これも仕事。山川学園にはつねづね贔屓にしているクラブがあって、そこのホステスさん、アケミさんとカオリさんは、ゴルフ大会や社員旅行にはいつも呼ばれて、いっしょに参加していた。これはホステスさんにとっては出張の仕事といえるだろう。私はこのふたりのことがとても好きだった。たぶん彼女たちの、仕事に対するプロ意識のようなものが好きだったのだと思う。

　私の職場、醍醐分校は京都市伏見《ふしみ》区にあった。

　三条通りを東へ東へと走れば、そのつきあたりに蹴上《けあげ》という名の坂がある。その坂を越えれば、そこが山科《やましな》、山科からさらに南に下がると、そのあたりが醍醐。いわゆる洛南と呼ばれる地域である。どことなくのんびりしたムードが漂っている。塾の近くには、豊臣秀吉が花見をしたことで知られる醍醐寺や、小野小町ゆかりのお寺、随心院があり、京都はどんなに田舎へ行っても京都の顔をしていた。

鉄男も秋にヴィヨンを辞めて、転職した。新しい職場は京都プリンスホテルのレストラン。ホテルは下鴨神社のすぐそばにあった。

鉄男の両親は私たちの結婚に、もろ手を挙げて賛成した。結婚式さえ鹿児島の実家で挙げてくれたら、あとはもうどこに住もうと、どういう生活をしようと、ふたりの好きなようにすればよい、と言っていた。鉄男は次男だった。

私の母はこの結婚に最初から最後まで、反対だった。鉄男の実家は果樹園と牧場を経営している大きな農家で、その仕事は長男である鉄男の兄がすでに継いでいたのだが、私の母はしつこく食いさがった。

「いずれは鹿児島にもどって、お兄さんといっしょに家の仕事を手伝え、と、こういうことになるんじゃや。そうしたらあんたは、農家の嫁さんになるんぞ。そうなったとしてもやっていけるだけの覚悟と自信があるのか。それがないのなら結婚は、やめたほうがええ」

もちろん、そんな覚悟も自信も露ほどもなかった。それに私は鉄男の実家へ遊びにいったときに、ある光景を目《ま》のあたりにして、度肝を抜かれていたのだ。

それは夕食を食べるときに、鉄男のお父さん、お兄さん、伯父さん、叔父さんたちは座敷の畳の上でりっぱな食卓を囲んで食べ、鉄男のおばあさん、お母さん、義理のお姉さん、妹たちは座敷より一段低い、台所のつづきにある薄暗い板床のかたすみにかたまって、ぼそぼそと食べていた、そんな光景だった。しかも女たちがごはんを食べはじめるのは、男たちの食事がほとんど終わりに近くなったころから。それまでは男の食卓の上げ膳・据え膳などに終始追われていて、それがやっと一だんらくついて、座ってごはんを食べはじめたと思ったら、座敷の上からまた何か声がかかって、そうしたら女はさっと腰をあげていかなくてはならない。ようするに鉄男の家では男女の位置づけ、立場、役割がはっきりと分かれていた。

私はといえば、一応そのときは鉄男が連れてきたはじめての「お客様」だったから、座敷の方で食べるようにすすめられた。でも次回からはそうはいかない、ということは私にもわかっていた。

長男の奥さんはふたりめの子どもを妊娠中だったけれど、大きなおなかを抱えて、早朝五時くらいにはもう畑に出て、まっ黒になって、働いていた。

こういう言い方が許されるならば、鉄男の家は「男尊女卑は空気のようにあたりまえ」というような家柄。父がごはんをつくったり、洗濯をしたりすることもあるような私の家とは、ぜんぜん違ったタイプの家庭なのだった。

だから母の言わんとしていることは、私にはよくわかっていた。頭では。

しかし、親の反対とは押しきるためにあるのである。

「わたしは鉄男さんの家と結婚するのではない」

などと生意気なことを言って、母を言いくるめ、私たちは転職した翌年の三月に結婚した。鉄男は二十六歳、私は二十五歳になったばかりだった。

山科区の五条別れというところに古い家を借りた。背中合わせにくっついた二軒の家のうちの一軒だった。二階建てで、一階には六畳の応接間と台所とお風呂、二階には四畳半と六畳の二部屋があった。小さな庭もついていて、庭への陽あたりは悪かったけれど、日陰でも花を咲かせる石蕗《つわぶき》、雪の下、秋海棠《しゅうかいどう》などが植えられていた。家賃は五万円だった。

借家の外壁は薄いピンク色をしていた。お祭りの夜店で売られている綿菓子の色のようだと思った。実際のところ、その家で暮らしはじめたころの私は、まるで綿菓子のようにふわふわとしていた。夢見心地だったのだ。

毎朝、私が起きるのはだいたい九時半から十時ごろ。そのときすでに鉄男は仕事に出かけてしまっていて、いない。鉄男は五時半には起きて、六時にはもう家を出ている。ホテルのレストランの朝食サービスは午前七時半から始まるのだ。

結婚したばかりのころは私も必死で、鉄男が出かけるときには目をこすりながら、起きるようにしていた。

しかし、

「おたがいに仕事を持っているのやし、無理せんでもええよ。寝ててかめへん」

と言う鉄男の言葉に甘えて、朝はゆっくりと朝寝坊を決めこみ、たっぷりと眠って、気持ちよく目を覚ました私。

のそのそとお布団から出て、まずは朝風呂にゆったりとつかる。それから香りの良い紅茶をいれて、それを飲みながら朝刊を読む。それから何か音楽をかけて、ブランチをつくる。お味噌汁と炊きたてのごはんと焼き魚、お漬け物などという日もあれば、昨夜の残り物のアレンジという日もあるし、オムレツ、目玉焼き、スクランブル・エッグとトースト、という日も多い。鉄男はきっとそのころ、お客のために同じような料理をつくっているはずだった。

本を読みながら食事をすませて、たまには洗濯とか掃除とかもする。お布団を干したり、スーパーへ買い物に行ったり、クリーニングを出しに行ったりする日もある。

とにかく、こうして午前中をのんびりと過ごせるのは、学習塾で働いている特権みたいなもの。そのかわり、夜の楽しみはほとんどないに等しい。せいぜいお酒を飲みに行くのが関の山で、レストランや映画やコンサートに行きたくても、午後十時からでは遅すぎる。

車で家を出るのは、お昼の十二時半ごろ。二十分ほど走れば醍醐校に到着する（鉄男は車で一時間以上かけて通っていた。蹴上の坂はいつも混んでいた）。

午後一時から四時くらいまでは、その日の授業の準備、テストの採点、プリントづくり、作文の添削、そのほか細々した雑務をする。

四時を過ぎたころから、学校の授業を終えた生徒たちがつぎつぎに集まってくる。山川学園に通ってくる生徒たちはみんな生き生きしていた。とれとれ・ぴちぴちの魚のように飛びはねていた。そういう生徒たちの様子が、今でも鮮明に私の心に残っている。生き生きしていたのは、何かを学びたい、勉強したいという意欲の現れに違いない。

「学校は遊ぶところ。塾は勉強するところ」

そういうふうに言いきる子どもも多かった。勉強したくてうずうずしている生徒たちに、勉強を教えるのは楽しい仕事だった。この気持ちは塾を辞めるまで、変わることがなかった。

1	4:30〜5:15	小学校の部 1時間め
2	5:20〜6:05	小学校の部 2時間め
3	6:20〜7:10	中学校の部 1時間め
4	7:15〜8:05	中学校の部 2時間め
5	8:10〜9:00	中学校の部 3時間め

これが山川学園の時間割だった。生徒たちは入塾テストの成績順に進学コースと特進（特別進学の略）コースの二クラスに分けられていた。一クラスの定員は十人から十五人くらいまで。醍醐分校は本校に比べると規模が小さく、生徒数は合計百人足らずで、これは本校の約四分の一程度。最年少の小学校四年生のクラスなど、生徒数はふたりという有様だった。

講師は私を含めて常勤が四人、非常勤がひとり。

室長。林田先生。私よりも少しだけあとに入社した海野先生。非常勤の黒崎先生は夕方から夜にかけて、授業のある日だけにやってきた。彼は司法試験を受けつづけている司法浪人だった。女性は私ひとりだった。

私は小学生に国語を、中学生には国語と英語を教えた。

塾の校舎は、いかにも安普請といった感じのプレハブの二階建てで、一階の大教室では別の会社がそろばん塾を経営していた。二階にある二つの部屋が学園の教室だった。私たちの事務所は、その校舎のそばにある、やはりお粗末なプレハブの建物。台所はついていなくて、ちゃちな電気湯沸かしのポットでお湯を沸かしていた。

ここでは思文閣出版と違って、男女の役割分担というものはほとんどなかった。お茶やコーヒーは手の空いた人が勝手にいれて飲んでいたし、灰皿は各自が自分で洗い、そろばん教室の洗い場を借りてカップやお湯飲みを洗う仕事も、私だけに押しつけられるということはなかった。

海野さんは、奈良大学ヨット部出身だったが、さすがに体育会系だけあって「先輩・後輩」というものにこだわっていた。彼の基準によれば、年上で、しかも先に入社していた私はりっぱな先輩だった。だから彼は私が洗い物をしようとしていると、

「先輩、それ、俺がやりますから」

と言うのだった。洗い場の水道はお水しか出なかったので、冷たい冬に海野さんが洗い物をしてくれるのは、とても助かった。トイレの掃除も海野さんが率先してやっ

た。

「こういうのは後輩の仕事ですから」

林田さんは私よりも三つか四つくらい年上で、毎月欠かさず、文芸雑誌「新潮」「文學界」「群像」の三誌を購入し、隅から隅まで読んでいるような人。小説家志望だったのではないかと思う。実際に彼からそう聞いたわけではないし、小説を書いていたかどうかも知らなかったけれど、なんとなくそういう匂いがした。同類だからわかったのかもしれない。京都生まれの京都育ちだったが、大学は東京の中央大学文学部の出身だった。

林田さんは、

「中上健次はええなあ。あのほとばしるような思い、あの狂おしいまでの激情がたまらなくええんやわ。小手鞠さん『岬』と『枯木灘』だけは絶対に読んどいた方がええよ」

などと、私を相手に中上文学への熱い思いを語ることもあった。私は、文学と名のつくものは何でも好きだったから、だからもしも、ああいうことがなかったら、私と林田さんはきっと、とてもいい友だちでいられたのではないかと思う。

ああいうこととは、こういうことである。

「小手鞠さん、きょうのブラウスすっごう女っぽいで。僕、そそられちゃうわ」

「小手鞠さん、夜寝るとき、何着て寝てるんや」

「小手鞠さん、ラブホテルなんか行ったことあるんか。えっないの？　嘘つけ、あるやろ。回転ベッドで彼氏とやらしいこと、してるんちゃうか」

「小手鞠さん、お風呂に入ったら、最初にどこから洗うんや」

「きょうの小手鞠さんのパンツの色、何色なんや？　教えてくれへんの？　秘密？　それやったら、あてさして。ああ僕、できるものなら一生に一度だけ、小手鞠さんのパンツになりたい」

　気分がそんなに悪くない日には、逆に言いかえしたり、適当に鼻であしらったりすることはできる。

「林田さん、このごろちょっと欲求不満ぎみなのとちゃいますか。鼻血出てますよ」

「わびしい男のひとり暮らし、きっとおさびしいことでしょう。そうそう、こないだ、裏通りの自動販売機で、先生がHな週刊誌買《こ》うてたのを見たいうて、生徒が噂してましたよ」

「パンツ？　あっそういえばわたし、きょう、パンツはいてくるの忘れてたわ」

でもそういうふうに「おとなげある」態度でいられない気分の日だってある。いろいろと片づけなくてはならない仕事がたまっていて、それどころではない日だってある。私が彼の言葉を無視して、不愉快そうに黙って、うつむいて、机に向かってかかり仕事をしていると、

「いやー、なんや小手鞠さん、きょうはえらいご機嫌ナナメやなあ。生理中なんか」

と、くる。

「いつ始まったんや。あ、それとも生理が遅れて、あせっとるのとちゃうか。こら。生理が止まるようなことしたんやろ、白状せい」

うるさいハエのようにしつこくされて、私はいらいらしてしまって、頭がかーっとしてしまって、

「もうええ加減にしてくださいよ！　今仕事中なんですから。やめてくださいよ」

つい声を荒らげてしまう。すると、

「またまた。そういうふうにムキになるところが可愛いんやなあ。ああ、たまらん。あそこが硬くなってしまいそうや。その可愛い顔で、これまで何人の男、泣かしてきたんや、え？」

と、さらに追い打ち。

しかし、そうかと思えば林田さんは急にまじめな顔つきになって、

「いやー僕なあ、生まれつき口が悪うて。これ性格やし一生治らへんねん。自分でもわかってんねん。せやけど小手鞠さんの顔見てたらついつい口が出てしまうねん。おふくろの話によると、僕な、生まれたときも口から最初に出てきたらしいんや。ほんま小手鞠さんが嫌がるようなこと言うて、堪忍やで。悪気はないんや。せやから聞き流しといて」

と、殊勝に謝ったりすることもあった。しかし謝られはしても、その悪い「口」のほうが閉じられるということはないのだから、私にしてみたら、謝ってもらっても意味がなかった。

入社したばかりのころ、私は心のなかでひそかに思っていた。私はもうすぐ結婚する。おそらく私が結婚したら、こういう下品なことを言われることもなくなるだろう。それまでの辛抱だ、と。ところが結婚したら、

「どうや、夜の生活は？　料理人の旦那、あっちの方の腕はどうなんや」

「なんで、子ども、できへんのや。僕がつくり方教えたろか」

「週に何回くらい、夜のおつとめするんや」

「うしろからと前からと、どっちが好きなんや」

ますますエスカレートしたのである。私が頬を赤らめたり、戸惑ったり、困ったような表情にでもなろうものなら、

「いやー小手鞠さん、赤《あこ》うなってるで。新妻の恥じらいいやなあ。色気あるなあ」

私が彼の言葉に動じないで、毅然としていると、

「いやーやっぱり、結婚すると女っちゅうのは図太うなるもんやね」

と言い募る。

どうあがいたって、私は結局、彼の餌食《えじき》になってしまうのだ。

セクシャル・ハラスメントという言葉が、アメリカからはるばる海を越えて日本へ入ってきたのは、忘れもしない一九八九年のことだった。私はそのとき東京で、雑誌のフリーライターをしていた。就職情報雑誌、女性誌、さまざまな雑誌がセクシャル・ハラスメントを取りあげていた。私はその取材をし、記事もいくつか書いた。すぐにセクハラという略語もできた。そのとき、しみじみと思ったものだった。目から鱗が百枚、落ちたようだった。

「そうか、あれはセクハラだったんだ。あの林田さんのしつこくて、いやらしくて、下品な言葉のかずかずは……。あれがセクハラというものだったんだ」と。

醍醐のプレハブの狭い部屋のなかで、私が林田さんのセクハラ攻撃に悩んでいたの

は、一九八〇年のこと。セクハラという言葉が普及する九年も前のこと。セクハラという言葉がなかったから、だからそれはセクハラではなかった。

私は林田さんから「おちょくられている」「からかわれている」。そう思っていた。「性的いやがらせ」とは思っていなかった。「Hなジョークでからかわれている」。せいぜいその程度である。

そして林田さんは私のことを「ちょっとおちょくってやっている」「ちょっとからかってやっている」。そう考えていたのだろう。彼のほうにだって「性的いやがらせ」のつもりは毛頭なかったに違いない。それどころか彼にとって、それは「職場の雰囲気をなごませるための、ちょっと気のきいたオトナの冗談」であり「言葉の遊び」であったのだろう。まさかそれが私の「人権を侵害するハラスメント」であり、もしも私が裁判を起こして訴えたら、私が勝って、山川学園が私に賠償金を支払う判決が下るだろう、などとは思ってもみなかったはずだ。

職場の環境を悪くするどころか、良くしていたつもりだったのだ、彼は。

林田さん以外の講師や室長にとっても、林田さんの発言は職場にとって「潤滑油のようなもの」で、その攻撃の対象となっていた私に対しても「そういうふうにからかわれているうちが女の花」あるいは「いちいちそういうことに目くじらを立てるのは子どもっぽい人のすること」などと思っていた節があった。

一九九五年に海風書房から出版された「ワーキングウーマンが元気印になる12章」(働く女性のための弁護団編著)によれば、セクシャル・ハラスメントはつぎのような二つのタイプに分類されるという。以下、P.71から引用してみる。

①対価型・地位利用型――職務上の地位を利用し、または何らかの雇用上の利益の代償あるいは対価として性的要求が行われるもの。
②環境型――はっきりとした経済的な不利益は伴わないにしろ、それを繰り返すことによって職務の円滑な遂行を妨げる等、就業環境を悪化させる性的言動。

そう、私が林田さんから受けていたのは典型的な②環境型のセクハラだったのである。何もかも、見事なまでにこの定義にあてはまっている。とくに「繰り返すことによって」というところなど、ぴったりだったと思う。

この環境型セクハラ、なかには本当に吐き気がしたり、頭に血がのぼったり、鳥肌が立ってしまったり、そういうひどいものもあった。

たとえばそれは、男の先生たち全員がストーブを囲みながら、

「あの小六の進学クラスの△△子って、最近妙に女の色気が出てきたと思わへん」

「ほんま。俺、あいつのケツ見てると、なんやむらむらしてきて、かなわんわ」

「この前なんか僕、教室で、あいつの胸の谷間がちらりと見えてしもて、思わず立ちそうになってしもたわ、あわててテキストで隠したけど」

「ふたりきりになったら、押したおしてしまいそうで怖いわ」

「あいつは将来、男を泣かすええ女になりよるで」

たとえ冗談にしても、生徒の親が聞いたら身の毛もよだつような会話。私は激しい苦痛を感じていた。そのような会話は、そばに私という女性がいるからこそなされている、そういうふうでもあった。おそらく精神的苦痛というのはあのような苦痛を指して言うのではないだろうか。私にはそんなとき、黙って席を立ち、その会話が耳に入らないようにする、それくらいのことしかできなかった。

なんてふがいない！

言うべきことは、びしっと言わなあかんやないの！

なんでただ黙ってるだけやったの！　情けない！

と、今の私は過去の私に対して、「喝！」を入れたいくらいだ。でもあのころの私に、いったい何ができたというのか。ハエ叩きでは決して叩きつぶせないハエ。殺虫剤でも決して死なないハエ。私は黙ってハエ取り紙になっているしかなかった。

　だから入社して一年半後、醍醐校から四条烏丸校に転勤することになったときには、心の底からほっとしていた。解放されたと思った。あのままずっと醍醐校の狭いセクハラ部屋のなかにいたら、私は仕事を辞めないでいられたかどうか。ぎりぎりセーフの人事異動だった。


　四時半がくると、小学校の部の授業が始まる。

　ひとたび教室へ入れば、そこはもう私と子どもたちだけの世界である。そこには環境型セクハラもなければ、精神的苦痛もない。

　教室とは毎日、何が飛びだすかわからないびっくり箱のようなものだった。

　ある日のこと。

　小学校六年生の国語の授業をしているときだった。

　白板に黒いマーカー（学園では黒板に白いチョークではなくて、その反対だった）で板書をしていると、私の背中に向かってひとりの男子生徒が声をかけた。

「なあ、先生。先生、おならしたんとちゃうか。なんかさっきから臭《にお》うで」

「ま、失礼な。私はしてないよ、おならなんか」

ふりかえると、十五人ほどの生徒たちがみんなにやにや、くすくす笑っている。

「せやけどなんかくさい。ああ先生、僕、鼻がもげそうや。窓開けてもええですか」

そう言えば、何となく教室全体が臭っている。たしかにそんな気がする。季節は冬で、外には冷たい木枯らしが吹いていたけれど、教室の窓を開けて空気を入れかえることにした。それでも臭いは消えなかった。

「先生、臭い、消えてへんなあ」

「まだくさいわ」

「ほんまや」

「クサイ、クサイ」

子どもたちが口々に言いはじめて、教室のなかはしだいに騒然とした雰囲気になってきた。うーん、いったいこの臭いは……。と、そのとき、ふと私は気づいた。がやがや、ざわざわした教室のなかで、さっきからひとりだけ、神妙というか、真剣というか、せっぱ詰まったというか、そういう表情をしている生徒がいた。その男の子の顔はまっ青だった。ピンときた。

「ちょっと隣の先生に事情を聞いてくるわ」

私はそう言って教室を出ると、隣の教室のドアをノックして、そこで授業をしてい

た海野さんに事情を話した。海野先生は、

「はい、わかりました。あとは僕にまかせてください」

と言った。

私は教室にもどって、騒いでいる子どもたちを静かにさせた。

「原因がわかったよ。きょうは教室のすぐ裏で下水道の工事があって、それでちょっと臭うのだそうです。さ、授業をつづけます」

三分後、海野さんが私の教室のドアをノックした。そしてなかに入ってきて、言った。

「えーっと。若林くん、いるかな。家から事務所に電話が入ってるそうや。すぐに先生といっしょに事務所まで来てくれるか？　さ、行こ」

若林くんはよろよろと立ちあがり、海野さんに連れられて教室から出ていった。

授業が終わって事務所にもどると、海野さんが言った。

「汚れたパンツは脱がして、お尻洗わせて、ズボンはかせて、親に電話して、迎えにきてもらいました。なんや腹具合がえらい悪そうで、ひどい下痢でした。おなかも痛い言うてました」

室長が私に言った。

「小手鞠さん、ほんまにうまいことやってくれたね。ほかの子らにわからんように。授業中にパンツのなかにウンコたれたいうことがばれたら、若林の男としてのメンツは丸つぶれになったやろう」


男のメンツと言えば、こんなこともあった。

あるとき小学校五年生の教室で、私はひとりの男子生徒を激しく叱りつけてしまった。テスト中、その生徒が、性格のおとなしい生徒の頬を鉛筆の芯でつついたり、消しゴムを隠したりして、いじめていたからだ。

「謝りなさい！」

と、私はその子に厳しく言った。

「ごめんなさいと言いなさい」

その子は謝るどころか、

「こいつ、神経鈍いねん。突いても痛みを感じよらへんねん。頭も弱いしな。隣に座ってたらこいつの病気がうつるわ、先生、何とかしてえな」

と言うではないか。

「謝るまではこの教室には入れへん。外に立ってなさい」

私はそう言って、男の子を外に立たせた。

結局その日の授業が終わるまで、彼は謝ろうとせず、寒い廊下から教室へもどれないまま、半泣きになりながら家に帰った。

中学校の部が始まったころ、その子の父親から私に電話がかかってきた。私はその日たまたま中学部の授業がない日だったので、事務所にいて、その電話をとった。

父親はものすごい剣幕だった。

「先生ねえ。きょううちの息子に教室でどえらい恥をかかしてくれたそうやないですか。息子が家にもどってきて、塾で女の先生にいじめられた言うて、泣きよりますねん。みなの前で、女に恥をかかされたんでは、男としてのメンツが丸つぶれですわ。え、どないしてくれはります？」

たとえ小学校五年生でも〈女〉の先生に泣かされたとあっては〈男〉のメンツはつぶれてしまう、と、父親は主張するのである。

「お父さん、お言葉ですが」

私は教室で起こったことの一部始終を説明した。

「そのように弱い者いじめをする、それを悪いとも思わず、反省もせず、謝りもできない、ということの方がよっぽど男のメンツにかかわることだと思うのですが」

それでも父親がなかなか納得しないので、そばにいた室長が電話に出ることになった。室長は、私のとった行為は生徒指導としてまったく正当で、まったくまっとうな行為であり、学園の方針に百パーセント沿ったものである、また、女の先生と男のメンツの関係については、現在は民主主義の時代であり、男女平等の時代であるからして、お父様の考え方の方をこの際若干修正していただきたい……と、終始、私のサイドに立って、弁明をしてくれた。最後には父親も一応、納得したようだった。まったく同じことを、女の私が言ってもおそらく納得してくれなかっただろうけれど。

あとで事情を知ったほかの講師たちもみんな口々に、

「あのおやじは単なるアホや」

「時代錯誤もええとこや」

「小手鞠さんが気にすることやないで」

「第一、まだお母ちゃんのおっぱい吸うとるような小学生のガキに、男のメンツもクソもあるかいな」

などと言ってくれたのだが、私にとっては笑うに笑えない出来事であった。父親の言葉に、私は深く傷ついていた。その子の名前も顔もすっかり忘れてしまったけれど、今でもときどき、父親の怒りくるった口調、その怒りの激しさだけを思いだすことがある。そしてそのたびに私は、私の心の奥深くにある大切な領域を、鉛筆の芯でつつかれているような気になるのだ。

一九八二年の春、私は四条烏丸本校に転勤になった。

これはいわゆる栄転だった。私は「国語科主任」という肩書きまでもらい、学園全体の作文指導の責任者に任命され、給料も上がった。塾で定期的におこなっている統一模擬テストの国語の試験問題の作成にもあたることになった。佛教大学の通信講座で国語の教員免許を取得したことが評価されたのだと思う。

授業時間が増えたことに加えて、醍醐校では経験したことがなかった「クラス担任」も引きうけることになった。担任のクラスを持つと、そのクラスの生徒の進路指導や、保護者会、保護者との個人別懇談会などもこなさなくてはならない。日々の仕事は増える一方だった。

こういった仕事に加えて、ゴルフの練習もまめにしなくてはならないので（これを怠り、スコアが下がると減給されるため。私はゴルフはぜんぜん得意じゃなかった）、毎日の残業は必至だった。学習塾の残業というのは、夜遅くまで残って仕事をするのではなくて、朝はやく出勤して、するのである。

朝、十時まで寝ている生活とはおさらばし、七時には起きて、九時には出勤するようになっていた。それから夜九時半まで働くのだから、ほとんど十二時間労働だった。でも、私の気力が充実していたせいか、苦にはならなかった。それに四条烏丸校の生徒たちの勉強に対するやる気、意欲、積極性ときたら、それはもう熱気球みたいだった。

同志社中学、同志社高校は、この学園でもやはりダントツの人気を誇っていた。みんな同志社のエスカレーターに乗りたがっていた。私なんか、同志社大学を出ているというだけで、生徒たちの人気を集め、尊敬の的となっていた。学歴というものはどこでどう役立つか、わからないものである。

模擬テストがあったり、親から依頼されて個人的な補習授業をすることになったりすると、日曜日も返上して出勤した。そういった補習授業は残業あつかいになった。学園では、親から通常の授業料以外のお金は受けとらなかった。

私が転勤になる数ヶ月くらい前に、鉄男も京都プリンスホテル直営のレストランに転勤になっていた。レストランは向日市《むこう》にあった。鉄男はほとんどそのレストランをまかされた、という形になっていたので、とてもはりきっていた。新しいメニューを考えたり、自分のアイデアを活かして「本日の特別料理」を創りだしたりして、鉄男はホテルにいたころよりもずっと楽しそうに働いていた。そんな鉄男を見ているだけで、私は幸せだった。

私たちはふたりとも忙しすぎて、朝もすれ違いなら、夜もすれ違い、という生活になりがちだった。

それでもたまに、夜、ふたりとも午後十時半くらいに何とか家にもどれたときには、鉄男がありあわせの材料で、手早くこしらえてくれるフランス料理の逸品を酒の肴に、ふたりでワイングラスを傾けることもあった。

どんなに仕事中心の生活をつづけていても、それでも私たちには共通の目標「お店を持つ」があったから、やっていけた。小さいながらもしっかりと帆を広げて、私たちの小舟は大海をこぎすすんでいた、少なくとも私はそう思っていた。

実際のところ、預金通帳にはお金がどんどん貯まっていった。鉄男は土日も働いていて、定休日の水曜日には私が働いていたから、ふたりでどこかへ遊びに行ってお金を使うということもほとんどなかった。

四条烏丸校に移った年の、暮れだった。

塾のすぐ裏にある大丸デパートにはクリスマスの飾りつけが施され、やはり塾のすぐそばにある錦市場《にしきいちば》には、夕方の買い物客があふれ、ときどき粉雪が舞い、町全体が師走《しわす》に向かって走っているような、そんな忙《せわ》しなさと華やぎのある夕暮れ時だった。

日が落ちてから、粉雪が小雨に変わっていた。

六時過ぎ。学園ではちょうど小学部の授業が終わって、小学生と中学生が入れかわる時間帯だ。教室と事務所のある細長い貸しビル全体が、子どもたちのにぎやかな声と、階段を上り下りする足音で揺れているようだった。

私は事務所にいて、中学部の二時間めの授業の予習をしていた。

ひとりの生徒が事務所に入ってきて、入り口のところで私に言った。

「小手鞠先生いてはりますか言うて、表に保護者の方が来たはるよ」

「おおきに。知らせてくれてありがと。今行きます」

アポイントメントなしでも、近くまで来ましたので、と言って、生徒の親がこんなふうに事務所に立ちよることは特に珍しいことではなかった。

私は事務所のドアを開けて、外に出た。事務所は貸しビルの二階にあって、ドアの外は階段の踊り場になっている。そこに、三歳か四歳くらいの小さな女の子の手を引いた、ひとりの若いお母さんが立っていた。心細そうな表情をしていた。お母さんは片方の手にバッグと傘を持ち、もう一方の手で子どもの手を握っていた。

「こんばんは。小手鞠ですが」

私は頭を下げた。頭を下げながら、えーっとだれのお母さんだったかな、などと思いを巡らせていた。

「木下と申します」

と、彼女は透きとおるような声で言った。何の根拠もないのだけれど、その声を聞いたとき、なぜだか私の胸がざわついた。

その人は生徒の母親なんかではなかった。

鉄男の恋人だったのである。

第十話　性に目覚める頃

私は飛行機に乗っている。

飛行機は大阪国際空港を飛びたって、高知へと向かっている。

私の隣の席にはクラブ「リリイ」のホステス、アケミさんが座っている。通路を隔てて隣にはカオリさんが座っている。塾長、セクハラの林田さん、海野さん、昨年入社したばかりの女の先生、紺野さんの顔も見える。春休みの社員旅行なのである。

一泊二日の高知旅行だが、着いた日も翌日も、海の見えるゴルフコース、土佐カントリークラブを回ることになっている。

昨夜もまた、鉄男と大喧嘩をした。鉄男が木下さんと、

「別れるつもりや」

と言ったからだ。

私は鉄男が彼女と別れると言っても、別れられへんのやと言っても、同じように腹を立てていた。腹を立てる以外に、私のとるべき態度はないとでもいうように、怒っていた。いっそ鉄男を嫌いになり、激しく憎むことができたら、気持ちはラクになるのかもしれないのだが、私にはそれがなかなかできなかった。そんなにすぐには嫌いになれない。でも昔と同じように好きでもいられない。自分で自分の気持ちを持てあましていた。愛する男に裏切られた女は、その瞬間から感情のジェットコースターに乗ってしまうのだ。

すればするほど、相手も自分も傷つけて、めちゃめちゃになっていくような不毛な喧嘩を、私たちは顔を合わせるたびにくりかえしていた。もしかしたら、私と鉄男の関係がだめになったのは、木下さんという女性が出現したことによってではなくて、そのあとに私たちがくりかえした喧嘩によって、だったのかもしれない。

関西弁に「わや」という言葉がある。

わやになってしもた、と言えばそれは、ダメになった、めちゃくちゃになった、壊れてしまった、ぼろぼろになった、というような意味になる。強調形は「わやくそ」である。

私の人生、私の心はもう、正真正銘「わやくそ」状態であった。

私は飛行機の小窓に顔を押しつけて、幻想的な青空と雲とを見ている。

でも私の目には何も映っていない。

前の年の暮れに、学園をたずねてきた木下悦子さん母子《おやこ》と私は、事務所の階下にあった喫茶店「まつりか」で向かいあった。私のつぎの授業が始まるまでの四十分ほどの時間だった。

何を話したか、覚えていない。

というのは嘘だ。でも実際のところ、あのとき彼女が話したこと、その内容はすべて忘れてしまいたい、というのが私の強い願望でもあった。

木下さんと鉄男は、鉄男が勤めていたホテルで知りあった。彼女は客室係だった。離婚したばかりだった。彼女は、私たちの結婚を壊す気は毛頭ないと何度も言った。しかし、彼女は私に、とにかく自分という存在がこの世にいるということを、知ってほしかった、と言った。そして最後に、きょう、ここへ来たということは鉄男には内緒にしておいてほしいとも言った。

そんなこと、できますかいな！　と、私は心のなかで叫んでいた。これまで積みあげてきた私の人生の煉瓦《れんが》が、がらがらと、音を立てて崩れていくのが見えた。なんておもろいものなのだろう、と思っていた。一瞬にして目の前の風景が変わってしまう、そういうことってあるんだな、と。

喫茶店を出て、木下さん母子と私は、右と左に別れた。私の心は職場の階段を駆けあがりながら、叫んでいた。火山の噴火のようだった。

鉄ちゃん、なんでや！　なんでや！

木下さんに対する怒りの気持ちは自分でも不思議なほど、なかった。私の怒りはすべて鉄男の方に向かっていた。私は鉄男に対して憤っていた。木下さんにはむしろ同情したいくらいだった。相手が鉄男でなかったら、私は木下さんの人生を心から応援していたと思う。

四条烏丸の近くを通りかかって、まるで吸いよせられるように塾の前まで来てしまって、気がついたら事務所のドアの前に立っていた……そんな木下さんの気持ちがよく理解できた。私が木下さんの立場にいたら、同じようなことをしたかもしれない。

人を好きになるということは、人を弱くもし、強くもする。

高知の夜である。

温泉につかってゴルフで疲れた足腰をのばし、宴会に出席して土佐名物の皿鉢《さわち》料理に舌鼓《したつづみ》を打ち、部屋にもどって、明日もまた早朝からかりだされるゴルフに備えて、はやめに休もうとしているところへ、旅館の従業員がたずねてきた。

「これからマイクロバスで、みなさまを二次会へとお連れします。できるだけはやく外出できるよう、準備をしてください」

部屋にいたのは私、カオリさん、アケミさん、紺野さんの四人だった。

「なんや、まだあるのかいな。もうボロボロに疲れてんのに。ええ加減で勘弁してほしいなあ」

と、アケミさんが言えば、カオリさんも、

「ほんまにあの塾長は疲れ知らずで、かなわんわ。化粧落としたばっかりやのに。やれやれ面倒なこっちゃ」

と、唇を突き出している。

しかしこのふたり、やはり接客業のプロである。ぶつぶつ言いながらも、鏡台の前に座って、ぱぱぱぱっと顔に何かをつけて、ちゃっちゃっちゃっとアイラインを引いて、振りむいて「さ、いこか」と言ったときには、もういつもの営業用の顔になっていた。

私と紺野さんもぶつくさ言いながら浴衣を脱いで、もう一度洋服に着がえた。私はついさっきコンタクトレンズをはずしたばかりで、またはめるのは面倒くさいと思ったので、そのままで出かけることにした。私の視力はコンタクトレンズをはずすと0・1と0・2で、けっこう悪かったけれど、宴会の二次会なんだから、少々見えなくったって困るということもないだろうと思った。

マイクロバスには講師全員が乗りこんでいた。旅館の玄関前を出発して、曲がりくねった山道をどこまでもどこまでも走っていく。ひと山もふた山も越えて、走っていく。

「塾長、このバス、いったいどこまで行くんですか？」

「ヒ・ミ・ツ。それは着いてからのお楽しみや。小手鞠さんにとってはええ社会勉強になるで。滅多にはでけへん貴重な経験や。期待しとき」

人里離れた山奥にぽつんと、山小屋みたいな建物が建っていた。入り口の前には目つきのするどいおじさんがいて、低めの声で「いらっしゃいませ」を連呼していた。なかに入ると、中央に舞台があった。広さはこぢんまりとしたライブハウスくらいで、舞台の高さがライブハウスにしてはいくぶん高いかなという感じ。半円形の舞台を取りかこむようにして、粗末な座席が扇形に並んでいる。

座席の半分ほどはすでに観客で埋まっていた。全員男性だった。私たちの席はどうやら事前に予約されていたようで、舞台の中央、前から二、三番めあたりに位置する、とても眺めの良い席に案内された。

ショーが始まった。はじめは、踊りのショーなんだな、と思った。音楽が流れると、手に提灯《ちょうちん》みたいなものを持った、着物姿の女性たちが出てきて、踊りを踊りはじめたからだ。ところが、音楽の調子が変わると同時に、女性たちが踊りながら一枚ずつ、着物を脱ぎはじめた。それで、気がついた。ストリップショーだったのである。

そう、それはたしかに塾長が言ったとおり、私にとっては「滅多にはでけへん」貴重な経験であった。

ショーはだいたいどれも三部構成になっていた。まず、何らかのテーマで統一された衣装を着た女性たちが音楽に合わせてつぎつぎに登場し、踊りながら衣服を脱いでいく。つぎに音楽が転調となり、その数人の女性たちのうち、ひとりだけが舞台に残って、踊る。その後、ふたたび女性たちが出てきて、最後は全員で盛りあげる。というような構成である。このパターンが、音楽と衣装をとっかえひっかえしながら、つづいていく。

衣服の脱ぎ方だが、これには感心させられた。一口に「脱ぐ」と言っても、妙技というか、秘技というか、つぎはどうなるのだろうか、と期待を持たせる脱ぎ方というのがあるのだ。まさに芸術的脱ぎ方。じつに巧みに服を脱いでいくのだが、全裸になるということはない。しかし下半身の下着だけはいつのまにかすっぱりと脱いである。

そして女性たちは舞台の先端まで踊りでてくる。

そこには「かぶりつき」と呼ばれる客席がある。空席はない。

舞台の端までやってきた女性は、そこに腰かけて、あるいは横になって、両足をお客の目の前で「ぱかっ」と開く。足が開かれる瞬間というのは、決してもぞもぞ、なよなよした感じではなくて、本当に「ぱかっ」と音がしてもおかしくないほどに、まるでスパーンと扉が開くように、それこそ、気持ちの良いほどに、派手に開かれるのである。おそらく、かぶりつきに座っている人たちには、両足の奥にあるものがしっかりと見えていたはずだ。私はといえば、コンタクトレンズをはめていなかったので、それほど細かいところまでは見えなかった……。

これはあくまでも私の抱いた印象に過ぎないが、その大股開き（と勝手に命名させてもらう）には、それほど淫靡《いんび》な雰囲気はない。それほどいかがわしいものではない。淫らというよりも、エロチックというよりも、むしろ潔いというか、あっぱれというか、お見事というか、どこかすがすがしい雰囲気さえ醸しだしているのだ。

「さ、見てみんかい！」ぱかっ
「なんか文句あるか！」ぱかっ

「これがなんぼのもんじゃ！」ぱかっ
「そこのおっさん、ちゃんと見てるか！」ぱかっ
「なんや、しっかり目ェ開けて見てみいな！」ぱかっ
潔い大股開きは、しだいに私の胸にしみてきた。
「お姉ちゃん、何をうじうじ悩んでるねん！」ぱかっ
「すんだことをいちいち気にしてても、しゃあないやんか」ぱかっ
「あんたの好きなように生きたらええねん。あんたの人生なんやから。男のひとりやふたり、どうとでもなるわいな」ぱかっ
たかがストリップ、されどストリップ。
私はその夜、ストリップ小屋をあとにして、まるで心が洗い清められたような気分になっていた。すっきりしていた。大股開きを見せてくれた人々の姿に、何かとても神々しい、清らかなものを感じていた。聖なるものと俗なるもの、その間にはじつは区別などないのかもしれない、そうも思った。仕事そのものに貴賤の区別がないように、ある仕事に打ちこんでいる人の姿というのは、それがどんな仕事であろうと美しく、人の胸を打つものなのだ。
しかし、最後の最後になって繰りひろげられた「本番まな板ショー」は、見ていて

息が詰まりそうだった。舞台の上にはコンドームやティッシュペーパーの箱がむき出しのまま置かれていて、生々しかった。男女が絡んでいる姿は、プロレスの試合かアクロバットをスローモーションで見ているようなものだった。女性にくらべて、男性の方がしんどそうだった。はっきり書かせていただくと、なかなか射精ができなくて、つらそうだった。私にはそう見えた。女性は体をくねくね、うねうね動かして、あー、いー、うーと言いながら、演技をしていればそれでよいのだろうが、何しろ男性はみんなが見ている前で「本番」をしないといけないのである。彼は必死の形相をしていた。痛々しく、哀れであった。やっとのことでそれが終わったときには、他人事《ひとごと》ながら、私もほっとした。「良かったですね、ちゃんとできて。お疲れさまでした」と声をかけてあげたいくらいだった。

プロの本番が終了すると、今度は観客のなかから希望者をつのって、本番まな板ショーがおこなわれた。二、三人の男性が舞台の上にあがっていったけれど、だれひとりとして満足に事をなしとげた人はいなかったように見えた。

旅館の部屋にもどって、四人ともお布団に入って、電気も消して、まっ暗になった部屋のなかで、カオリさんとアケミさんがぼそぼそと話している声が聞こえた。

「なんぼくらい、もろうてんのやろなあ」

「一晩で片手くらいとちゃうか」

「そやな。あんたどうや？　片手もろたらやるか」

「いやあ、どうやろ。あたしは片手ではでけへんなあ」

「そやなあ」

ふたりのささやく声を、聞くともなく聞きながら、私は「片手とは五万か、それとも五十万なのか」などと考えていた。

短大を出て、昨年入社したばかりだった紺野さんは、帰りのマイクロバスのなかで目をまっ赤にしていた。きっとショックだったのだろう。まだ二十一歳になったばかりの彼女に、あの「ぱかっ」やあの「本番」は刺激が強すぎたのかもしれない。

しかし、ストリップが私に与えた影響には、はかりしれないものがあった。

私はストリップに「仕事」あるいは「労働」の真髄を見たという気がした。

それは、ある欲望があって、その欲望を満たす何かを提供するのが仕事である、という単純な構図である。人が何かを生みだしたり、つくったり、見せたり、商品にして売ったり、私が今こうして原稿を書いているのだって、すべての仕事はこの構図のもとになされているのだということ。だから仕事というのはまったく、きれいごとではない。むしろ人の欲望にまみれた汚れ物なのだ。わかりきったことといえば、わかりきったことなのだけれど、ストリップはその構図を丸ごと裸にして、じつにシンプルに私に見せてくれた。仕事と欲望はギブ・アンド・テイクの関係にある。欲望のないところには仕事もない、ともいえるだろう。だから仕事をつづけていくかぎりは、その根もとにあるところの人間の欲望を見すえてかからなくてはならない。どんな欲望も自分の肩に引きうけていかなくてはならない。自分自身の欲望をもふくめて。

塾の新学期が始まって、私は中学三年Cクラスの担任に任命された。

一九八三年四月のことである。

山川学園で、中三あるいは小六のクラスを担当する、ということは非常に重要な仕事を任されたということを意味している。なぜなら中三と小六の生徒の受験の結果が、塾の実績を世に示すことになり、それがそのまま翌年の生徒獲得数へとつながっていくからだ。

一九八〇年ごろから、子どもたちの校内暴力、家庭内暴力が大きな社会問題となっていた。川崎市に住む二浪中の予備校生が両親を金属バットで殴って殺害したのは八〇年の十一月のこと。八二年三月には全国六三七校の中学校、高校の卒業式で、校内暴力に備えて警察官が警戒にあたるというありさま。翌年の二月には、町田市の中学校の先生が、生徒のおどしに対処していて、逆に果物ナイフで生徒を傷つけてしまうという事件を起こしている。

私が担当することになった中三Cクラスは、E1、E2、A、B、Cと五つある山川学園の中学部のクラスのなかで、もっとも成績の悪い生徒たちが集められたクラスだった。

生徒数は全部で七人（ほかのクラスにはだいたい十五人程度がいた）。全員男の子。私に与えられた任務はこの七人の男子を全員、公立高校に合格させること。

そのころの京都では「十五（歳）の春は泣かせない」という府知事の受験・教育方針が浸透していたせいか、中三の生徒の京都府内の公立高校への進学は、他府県にくらべると圧倒的に容易であった。つまり公立高校へは、ごく普通に勉強していれば、よっぽどのことがないかぎり、だいたいだれでも入れたのである。

しかし同時にそのことが、京都の公立高校のレベルを下げてしまった。公立高校から大学へ進学することを難しくしてしまったのだ。その結果、私立高校、私立中学に異常なまでに人気が集まった。こうして、「泣かされない十五の春」が塾を繁栄させる、という皮肉な図式ができあがった。

三Cクラスの生徒たちは、その公立高校への進学さえも危ういというような連中だった。

　塾長は言った。

「あの落ちこぼれの、どうしようもない野郎どもの尻に火をつけられるのは、うちにはるい先生をおいてほかにはいません。ここは先生の色気であいつらを引っぱっていくしかあらへんと思います。頼みましたで」

　これは大変な仕事をまかされてしまった、と思ったのは、はじめてCクラスの教室に入った瞬間だった。

　教室の白板いっぱいに、

という落書き。歓迎の「迎」という字は間違っていたし、pussy の前には冠詞が抜けていた。「いきなり、やってくれるやんか」と、私は気分をひきしめながら、落書きを背にして立ち、生徒たちの顔を見まわしてみた。生意気ざかりのにきび面、落ちこぼれ、はみだし者、どうしようもないワル、不良、問題児、そういう顔ぶれがせいぞろいしていた。私の顔を見て、不敵にもにやにや笑っている奴もいる。いやらしい視線でスカートから出ている私の足を見ている奴もいる。狭い教室のなかには、整髪料の匂いがぷんぷんしていて、若い男の体臭が充満していた。

鉄男との暮らしは、ますます殺伐としたものになっていた。

鉄男はめったに家にもどってこなくなっていた。たまにもどってきても、私たちがまともに口をきくことはなかった。

私のいない時間帯に、何か必要なものを取りに家に立ち寄って、そのかわりに、女物の傘を玄関に置き忘れていったりしていた。

私は毎晩、仕事から帰ってくると、ひとりでお酒を飲んだ。

はじめはウィスキーの水割りをつくって飲んでいた。それがやがてロックに変わり、ストレートに変わっていった。

お酒を飲みながら私が考えていたことは「仕事と私の関係」についてだった。

私は自分を責めていた。私がこれまであまりにも仕事だけに熱中しすぎてきたから、こういう破局を招いたのかもしれない、と。鉄男が木下さんに惹かれていったのは、私が仕事に夢中で、仕事のことばかり考えていて、そして仕事を持った「強い女」だったからなのかもしれない、と。このジレンマはひどく私を苦しめた。打ち消しても、打ち消しても、くりかえし「おまえが仕事ばかりしてきたからだ」という思いが浮かんできて、私を責めたてた。

専業主婦になり、鉄男に養われ、一日中家にいて、花柄のエプロンをかけ、毎日ごはんをつくって、鉄男の帰りを待っていれば、こういうことにはならなかったのか？

飲みながら、泣いた。涙と鼻水で、顔はぐしゃぐしゃぐしゃだった。

一生分の涙を全部、あのころに流してしまったという気がする。そのころの私の写真を見れば、どの顔もゴムまりみたいにふくらんでいて、まぶたはぼうぼうに腫れている。お岩さんも顔負けだ。

とにかく飲んで飲んで、酔いつぶれてしまわなければ、夜、眠ることができないのだ。ぐでんぐでんになって、これ以上はもう起きていられないという状態になってから、やおらお布団のなかに入って目を閉じる。それでも頭のどこかがしんと冴えている。まるで脳味噌にナイフが一本だけ突き刺さっているように。

だから頭が痛い。心も痛い。あちこち痛くて眠れない。全身針だらけのハリネズミになってしまったようだ。だから寝返りを打つたびに、自分の針が体に刺さって痛い。それでもお布団に入る前には、枕もとにかならず洗面器を置いておくことだけは忘れなかった。なぜならつぎは、立ちあがって洗面所まで行くのが間に合わないほど、強烈な吐き気とともに目覚めることになっているからだ。

別れる、別れない（木下さんと鉄男が、というのと、私と鉄男が、というのと二種類があった）というような不毛な話しあいをつづけているときに、鉄男がぼそっと言ったことがあった。

「るいちゃんは強い女や。るいちゃんには仕事があるし、るいちゃんは自分というものを持ってるから、ひとりでもちゃんと生きていけるわな。せやけどあいつは強くない。あいつは」

俺がいないと生きていけない、と、鉄男は言いたかったのだろうか。でも鉄男はだからといって私にはっきりと「別れよう」とは決して言わないのだった。

それならいったい、どうせいと言うのや？

鉄男は私のことをちっともわかっていなかった。私はたしかに仕事が好きだったけれど、鉄男のことはもっと好きだったし、それに私は鉄男が考えているほど強い女ではなかった。私だって鉄男がいないとさびしくて、生きていけないのに。

眠れない夜。

私はお布団にくるまり、暗闇のなかで目をかっと見開いて、自分の心臓がドクドク音を立てるその音を聞きながら、お布団のそばにあるふすまの模様を眺めていた。そのふすまの模様を今でもくっきりと覚えている。松の大木にうっすらと雪が積もっている、という絵。だから私はいまだに「松の木と雪」という組み合わせを見るのが好きではない。その組み合わせは今でも私に、あのころの悲しみを思いださせてくれるのである。

酒と涙と鼻水とゲロの日々、私をささえてくれたのは中三Cのどうしようもない落ちこぼれの連中たちだった。

「るい先生なあ、俺が高校に受かったら、キスしてくれるか」

「なんであんたとキスせんならんねん。冗談やない」

「ええやん。キスくらい。唇が減るわけでもないし、頼むわ」

「わかった、それなら唇やのうて、ほかのところにキスしたるわ」

「へーっ、どこやそれは」

「あんたの一番大切なとこや」

「ぎゃー先生、何考えとんねん、やらしいなあ」

「やらしいことあらへん。なんぼでもキスしたる、そこなら」

「へーっ、どこなんやそれは」

「自分で考えてみ。自分の一番大切なとこやし、自分が一番よう知っとるやろ」

「へーっどこやろどこやろ」

「教えてやろうか」

「うん」

「それはな、心や、心。合格したらあんたの心にキスしたるわ」

「なーんや」

性に目覚める季節。中三Cクラスの男の子たちが考えていることと言ったら、性のことばかりだった。しかしそれはかわいいものだった。醍醐分校で受けたセクハラのように、私を不愉快にさせたり、私に精神的苦痛を与えたりすることはなかった。それどころか、彼らのほとばしるような好奇心、青春のエネルギーは、弱った私の心に息を吹きかけ、元気づけ、励ましてくれた。教室で、彼らの前に立っている時間だけは、私がちゃんとした私でいられる時間だと感じていた。

　ある夜、私は岡山に住んでいる旧友のまどかに電話をかけた。そう、第一話で登場したあの「まどかとゼンゼン」のまどかである。

　一年ぶりくらいにかける電話だったが、特別に深い意味はなかった。鉄男とのことを相談する気など、まったくなかった。第一まどかは、私と鉄男がこんな状態になっていることを知らない。私は、ごちゃごちゃした私の事情を「何も知らないでいる」昔の友人の声が聞きたかった。他愛ない世間話でなごみたかったのだと思う。

　まどかとゼンゼンは結婚して、岡山に住んでいた。ゼンゼンは会社員になり、まどかは三年ほど前に娘を産んでいた。

「いやー、るいちゃん。久しぶりじゃなあ。どうしとったん、元気か」

「元気じゃ。まどかは？」

　話しはじめて十分もたたないうちに、ぎゃあああっと泣きさけぶ幼子の声がして、私たちの会話は中断された。

「ごめん、ちょっと待っててな」

　まどかはそう言って受話器を置き、娘のそばに行ったようだった。娘を叱る母親の声が聞こえた。

「もお、あんたは何が欲しいの？　なんでそんなに大きな声出すの。ママ電話中なんじゃ。おとなしゅう待ってて。え？　何が欲しいの？　何？　ちゃんと言うてみられ、何が欲しいん。何？　何？　何？」

まどかの言葉がふいに私の胸を直撃した。言葉の矢が私に向かってまっすぐに飛んできて、そのまま心臓につきささったような気がした。

何が欲しいの？　ちゃんと言うてみられ。

私は、いったい何が欲しいのだろう。

私の欲しいものは、何？

何が欲しいのか、よくわからなかった。欲しいものが何もない、とも言えたし、何もかもが欲しい、とも言えた。

最後はあわただしく電話を切った。まどかは娘を寝かしつけてからもう一度かけ直すと言った。だが、電話はかかってこなかった。子どもを持つということは、こういうことなのかもしれない、などと私は思った。


祇園祭が終わって、京都に猛暑の夏がやってきた。

学校の夏休みは塾のかきいれどきである。朝から夕方までびっしりと夏期講習授業が組まれる。講師も十二時間臨戦態勢で働く。

中三Cの指導に、私は頭を痛めていた。夏休みというのは受験生にとって、合否の分かれ目になる、とても大切な時期だ。それなのに、この能天気な連中ときたら、どいつもこいつもまったくやる気がない。ちんたらちんたらして、塾へも半分遊びにきているみたいだ。宿題はやってこないし、授業中はごそごそしていてちっとも集中できていないし、とにかく成績も偏差値もぜんぜん上がっていないのだ。このままでは全員公立高校合格なんて、夢のまた夢。もしかしたら全員不合格なんてこともありえる。

教室に入っていって、私はいつものように授業を始めた。

「えーっときょうは20ページから。そこにある英文、松田くんに読んでもらおうか」

「…………」

「どうしたの、松田くん。はい、読んで」

「…………」

「読みたくないの、じゃあええわ。竹田くん、読んで」

「…………」

「どないしたの、竹田くん、急に口がきけんようになったんか。じゃあ梅田くんは」

(注・松田、竹田、梅田という生徒は本当にいて、三Cの松竹梅と呼ばれていた)

「…………」

「おかしいねえ、日ごろはあんなにやかましいみなさん、いったいどうしはったのやろ」

「…………」

だれにあてても、話しかけても、みなで申しあわせたのか、全員無言である。

ようするに私はいたずらをされていたのだ。ふだんならこういうときには、私も何かふざけたことを言ったり、怒ったふりをしたりして、適当にその場を収拾することができるのだけれど、その日は虫のいどころが悪く、むしゃくしゃしていた私は、この生徒たちの遊びに、ついていけない気分だった。

くすくすともれる笑い。目と目を合わせて、してやったりという顔つきの男の子たち。

ついに私の頭に血がかーっとのぼってきた。ばしっと音をさせて、テキストを机に打ちつけながら、私は叫んでいた。

「もうええ。ようわかった! あんたらにどれだけやる気がないのか、ようわかった！　あんたらなんか、どこの高校へも入らんでもかまへん。だいたいあんたらが高校へ行こうが行くまいが、あたしには何の関係もないことなんや。あんたらのことなんか、あたしはほんまはどうでもええのや。あたしは今な、離婚話でもめてて、ぼろぼろになってて、自分のことでせいいっぱいなんや。あんたらの入試どころやないのや。あんたらにかかわっている暇なんかこれっぽっちもないのや」

私は自分の本音をぶちまけながら、自分で自分のことがかわいそうになってきて、前後の見境なくその場にしゃがみこんで、わーっと泣きだしてしまった。

教室のなかはシーンとしていた。ひとりの男の子が言った。

「先生、堪忍」

するとほかの生徒も口々に「先生、すみませんでした」と言いはじめた。

このあと、テレビドラマであれば、みんなが一丸となって私のところに駆けよってきて、私は生徒たちの肩を抱きながら「いいのよ。わかってくれたら」と涙を拭きながら言い、教室の窓の外には夕日が見えていて、そこにエンディングのテーマ曲が流れてきて……となるはずだ。

エンディングの音楽と夕日はなかったけれど、現実はきわめて現実的にすばらしかった。

その日を境に、彼らは人が変わったようにまじめに勉強しはじめたのだ。

私は思った。真心のこもった言葉というのはやはり人の心に届き、人を動かすことができるものなのだ、と。それまで、宿題をやってこなかった子に教室の床で正座をさせたり、テストの成績が上がったら、たこ焼きをおごってやったり、アイスクリームを買ってやったり、手を替え品を替えいろいろとやってきたけれど、ぜんぜん効き目がなかったというのに——。

わやくそだった一九八三年も、あと一ヶ月ほどで去っていこうとしていた。

十一月の終わり。高槻《たかつき》市教育委員会から私の仕事場に一本の電話がかかってきた。

私は七月に大阪府の教員採用試験を受けて、一次試験に合格、九月の終わりに二次試験を受けて不合格になっていた。でも二次試験まで進んだ人は「補欠名簿」というのに名前が登録されることになっていて、ごく稀に、どこかの学校からお声がかかることもある、という話は聞いていた。

その声が私にかかったのだ。電話をかけてきた人の話によれば、校内暴力の嵐はその中学校にも吹きあれているようすで、そこで働いていた女性の教師が、教室のなかで数人の男子生徒にセーターを脱がされ、目の前でストーブに投げこまれて、焼かれてしまうという事件が起こったらしい。以来その教師はノイローゼ気味になり、ずっと学校を休んでいる。ついてはその代用教員として来ていただけないだろうか、と言うのである。

「できれば明日から」

と、その人は言った。

「明日から、ですか？」

「ええ、明日からでないと、困るんです。それが最低条件なんです」

時計を見るとちょうど午後五時だった。

五時に電話をかけてきて「明日から来い」とは、なんて一方的なお達しなんだろう、教育委員会の常識とはすごいものだな、と私は半分あきれていた。

私は迷いもしないで、答えた。

「せっかくですが、明日からというのは無理ですね」

「そうですか。どうしても無理ですか」

「はい無理です」

「わかりました」

たぶん、その人は名簿を見ながら、私の名前のつぎの人に電話をかけるのだろう。

この話を聞いて「なんて世渡りが下手なの。そういうときにはたとえ今の職場に後足で砂をかけることになっても、思いきって転職するべきだったんじゃないの」と言う人もいた。でも世渡りを上手にやったって、それで人生が良くなるとは限らないではないか。

学校の教師になるチャンスが巡ってきたのに、みずからそれをふいにしたことによって、逆に私は、長年たまっていた垢をやっと落とせて、心の整理がついて、さっぱりした気分になっていた。思いかえせば、会社勤めを辞めるきっかけ、あるいは言い訳が欲しくて、そこに安易に当てはめたものが教職だったのだ。働いて、お金を貯めて鉄男と店を持つために欲しかった安定した職業、それが学校の先生だった。それは私が心底あこがれていた仕事ではなかったのだ。

年が明けて、三月。

中三Cの竹田くんと梅田くんは無事、公立高校に合格した。

大ヒットは松田くんだった。彼は大谷高校の普通科に合格した。松田くんの通っていた中学校では彼に、大谷高校の商業科に進むよう、進路指導がなされていた。松田くんのことを、本気でやればできる賢い子だと信じていたのは彼のお父さんと、私だけ。山川学園のなかでも「松田に大谷の普通科を受験させるのは無謀や」という意見が主流だった。大谷の普通科は当時、公立よりも難関だった。松田くんのお父さんはある日、事務所に私をたずねてきて、何とか普通科へ進ませたいので、特別に補習をしてほしいと言った。出願日のわずか三ヶ月ほど前のことだった。私は授業の空き時間をフルに活用して、松田くんといっしょに、懸命に過去の大谷高校の入試問題に取りくんできたのだった。

松田くんの家はお布団屋さんだった。

松田くんが合格した翌日、お父さんは自分で縫いあげた美しいお布団を一組、車に積んで、私にお礼を言いにきた。

私はふかふかのお布団にくるまれて、ひとりぼっちで眠った。

どうしようもなかった落ちこぼれたち全員に、新しい春がきた。

円山公園の桜も、哲学の道の桜も、咲いた。

しかし、私のところにだけは、まだ春はこない。

終章　イエスタデイ・ワンス・モア

学園内に、そういう動きがあるのは知っていた。

一年ほど前から、塾長のワンマンな経営にはもうついていけない、塾長は会社を私物化している、二重帳簿をつけているのではないか、教育者がそういうことをしていいのか、経理をクリーンにしろ、というような声が、塾内のあちこちであがりはじめていた。人気、実力ともにトップを誇る三人の講師がそれらの声をまとめ、先頭に立って、塾長に改革と退陣要求を突きつけようという計画が水面下で進んでいた。

クーデターである。

長岡京市にある分校で室長を務めていた先生から、私も声をかけられた。

その計画によれば、近々、講師全員が四条烏丸に集まって全体会議をおこなう月曜日に、塾長に対する「要求書」を読みあげ、話し合いが決裂した場合には、三校でいっせいに授業のストを決行するつもりだという。

「こういうことは、全員一致でやらな、絶対に成功せえへんと思うので」

と、リーダー格の先生は言った。

先生はめらめらと燃えていた。私にはその火が見えた。

しかし、そのときの私はといえば、塾のクーデターどころではなかった。

混沌とした自分の人生を、いったいどうやってまとめたらいいのか、私は頭を抱え、途方に暮れていた。窓のない部屋から、窓の外を見ようとしているようだったのだ。


五月の連休明けのことだった。

郵便物を取りに家にもどってきた鉄男とばったり顔を合わせてしまい、私たちはいつものように、激しい口論を始めた。

たぶん私が、勝手に入ってこないで、とか、さっさと出て行って、とか、そういうふうなことを言ったんだと思う。

売り言葉に買い言葉で、鉄男が言った。

「ここはまだ半分は俺の家や。勝手にもどってきて、何が悪い？　そんなに言うなら、おまえが出て行ったらどうや」

私は怒り心頭に発して、言葉を返した。

「わかった。それなら私が出て行く！」

「ああ、できるものならやってみろ！」

今にして思えば、私は何か行動を起こすきっかけがほしくて、うずうずしていた。言いあらそったり、わざと相手を傷つけるような言葉をぶつけ合ったり、冷たくしたり、されたり、そういうことに、疲れ果てていた。話しあいは永遠に平行線をたどっていくだけだ。このままではいけない、とあせっていた。ちょうどそのとき、うまい具合に、きっかけが、降ってきたのだ。

別居することが果たしていいことなのか、もっと事態を悪くしてしまうのか、そういうことを考える心の余裕はなかった。

とりあえず、何とかしないといけない、何とかしないと、そういう切羽つまった思いに背中を押されながら、私は家を出て行くことにした。

仕事の昼休み、塾の近くにあった不動産屋を訪ねて、写真だけ見て「ここにします」と、すぐに部屋を決めた。早く家を出たい。ひとりになりたい。あの家を出られさえしたら、私はもうそれでいい、そんな気持ちだった。

マンションは家から車で十分くらいしか離れていない場所にあった。近くには山科団地と呼ばれる巨大な公営住宅街があった。実のところ、家の近くに部屋を借りたいと思ったわけではなかった。家賃、敷金、礼金など、金銭的に希望の条件に合ったマンションがたまたまそこしかなかったのだ。

部屋は二階にあって、窓を開けるとすぐ目の前に材木屋さんがあった。このため、日中は朝から夕方までずーっと、材木屋さんが木を切っている電気のこぎりの音がしていた。不動産屋さんの案内で部屋を見にいったときにも「キイーーーーン、キイーーーーーン」という耳ざわりな音が響いていた。それでも私は「この部屋でかまわない」と思った。ようするにそのときの私には、ほかの部屋を見にいったり、より良い部屋をさがしたり、そういう気力がなかった。

その引っ越しは、悲しい引っ越しだった。

胸がはりさけそうな引っ越しだった。

こういうのは引っ越しではなくて、家出と呼ぶべきなのかもしれない。

はっきりと「これは私の物だ」と言えるようなもの、たとえばピアノ、机、本棚などは何の問題もなかったけれど、たとえばテレビ、洗濯機、冷蔵庫、食卓など、ふたりのお金で買ったふたりの持ち物は、それを持っていっていいものかどうか、判断に苦しんだ。

洋服簞笥《だんす》は私の祖母が買ってくれたものだったけれど、なかには鉄男の衣服もたくさん入っている。それを外に放りだして、簞笥だけ私が持っていくと、鉄男はあとでそれを見てどう思うだろうか、などと考えていると、いっこうに荷物整理がはかどらない。整理すればするほど、私は自分の手で、これまで自分が築いてきたものを壊しているような気になっていく。心の片隅にはまだ「こんな引っ越しをして、本当にいいのか」という思いだってある。鉄男とお店を持つために貯めたお金が、こんな引っ越しで消えていくなんて、という思いも。

引っ越し業者の人も、私がいろいろと複雑な注文をつける（たとえばテレビは置いていくが、テレビの下の台だけは持っていく、とか）ので、途中から不機嫌になってしまった。たぶん「おかしな引っ越しだ」「こいつはわけありだ」と思っていたに違いない。

大きな物を外に出すときには、玄関前の花壇に植えてあるお花を踏まないように気をつけてくださいね、と、あれほどお願いしておいたのに、トラックが出発したあとで、玄関前の秋海棠がもう二度とよみがえれないほどめちゃめちゃに踏みつぶされていた。それを見ると、涙が出て、仕方がなかった。

哀れなその花に、自分の姿を重ねあわせていたのだと思う。

しかしこんなことで、泣いてはいられない。私はそうも思った。これからはもっといやなこと、もっと悲しいことだっていろいろ起こるかもしれないのだ。強くならなくては！

それでも引っ越した日の翌日、マンションから仕事に出かけて、まっ暗な部屋にもどってくると、涙がぼろぼろぼろぼろぼろ出てきて、止まらなかった。

まだ片づいていない部屋で、段ボール箱の上に腰かけて、私は何をしているのだろう、こんなところで。どうして引っ越しなんかしたんだろう、と思った。

私は、後悔していたのだ。遅すぎる後悔と知りながら。

引っ越したことは、だれにも話していなかった。

親しい友人にも、職場の人たちにも、岡山の両親にも。

引っ越してまだまもないある日、鉄男から私の職場に電話がかかってきた。

鉄男のいとこが六月に結婚することになって、大阪でおこなわれる結婚式に出席するため、鹿児島から両親が出てくることになったという。

鉄男の両親は私が家を出て、マンションで暮らしていることなど知るよしもない。

鉄男は私に、いったん家にもどって両親を迎え、結婚式にも出席してほしいと言った。

つまり一時的に、うまくいっている夫妻を演じてくれ、というのである。

私は返す言葉に詰まってしまった。

そんな！

何を言うてるのや！

今さらそんなこと、できるかいな！

という気持ちと、もしかしたらこれは神様が私たちに与えてくれた最後のチャンスで、これをきっかけにわれわれは、もとどおりにもどれるのかもしれない、という気持ちが、まるではかりで量ってきっちり半分ずつに分けたみたいに、私の心を二分していた。気持ちがせめぎ合っているというふうではない。まったく異なったふたりの人間が自分の内部に存在していて、意見が対立し、喧嘩している、という感じなのだ。

私は動揺している胸をしずめるために、何度か深呼吸をした。

「鉄ちゃんの親の手前、もどってこいというわけ？」

と、私はたずねた。鉄男の本心が知りたかったのだ。

「いや、それだけやのうて……」

「なに？」

私は問いただした。しかし、鉄男はこういう問いに対して、理路整然と言葉をならべて、自分の感情を説明できるような人ではない。それは私が一番よく知っている。

「とにかく……いったん、もどってこいや」

もどれない、もどらない、もどるものか。

でも、今もどれば……。

今もどれば、あの、輝かしくて、楽しかっただけの季節、ピンクの綿菓子の家で暮らした無垢な年月が、そっくりそのまま私の手もとにもどってくるのかもしれない。

深夜のフランス料理とワイン。

鹿児島弁の愛の言葉。

ふたりで店を持つ夢。

そして私は鉄男と、ふたたび仲良く暮らしていける？　つまり、ハッピーエンドということ？　今、家にもどれば？

本当に、どうしたらいいのか、わからない。答えの出ない問いというのはあるものなのだ。引っ越しをしたときもそうだった。わからないまま、先に進んできた。とにかく鉄男の恋人が出現して以来、私は自分で自分の行動に何ひとつ確信が持てないままに行動していた。強そうにふるまっているが、やはりその強さは見せかけだけのものので、ちょっとどこかをつついたら、そこからあふれ出てくるのは涙だけなのだ。

私が黙っていると、受話器の向こうで鉄男がぼそっと言った。

「今晩――――で、いっしょに食事でもしながら話さへんか」

ああ、そのレストランは、私が京都中でいちばん好きなレストランだった。鉄男はそのことを覚えていた。

「俺、るいちゃんが来るまで、ずっと待ってるから」

でも、鉄男のどんな言葉も、もう私の胸にはストレートに届かないのだった。

つぎの授業が始まることを知らせるベルが、事務所に鳴り響いた。

私は「レストランには行けない」と言って、電話を切った。

教室に向かって、廊下を歩きながら、私は思っていた。いっそのこと、鉄男が木下さんとかけおちでも何でもしてくれたら良かったんだ。そうしたら私はこんなに悩むこともなかった。鉄男を大嫌いになって、心おきなく鉄男と別れ、きれいさっぱり忘れることができた。それなのに……。

鉄男のアホ！

「もどってこいや」

電話でそう言った鉄男を、私は一瞬、激しく憎んでいた。

クーデター決行の日が刻一刻と近づいているようだった。リーダー格の講師たちは毎晩のように飲み屋に集合して、ひそかに話し合いを重ねていた。どうやら、塾長と仲の良い講師たちに対する最後の説得に難航しているらしかった。私も呼ばれて、ときどきその集会に参加していたのだが、心はまったく別の空を飛んでいた。

クーデターが成功すれば、労働条件、報酬ともに、ぐーんと良くなるはずだったが、私には何だか他人事のように思えてならない。

「……ほんなら小手鞠さん、そういうことで」

「えっ！　さ来週の月曜ですか！　その日は……」

なんと、クーデターの決行日は、鉄男の両親が鹿児島から京都に出てくる日に、ぴたりと重なっていたのだ。私は「要求書」に名前は連ねるが、クーデターそのものは欠席させてもらうことにした（クーデターの欠席、なんてあるのだろうか?）。リーダーたちは私のことを「寝返りに要注意」人物だと思っていたかもしれない。

そんなある日、私は一通の手紙を受け取った。

それは、東京にある雑誌社からの手紙で、その雑誌社が出している詩の雑誌に、私は大学生のころからせっせと、投稿をつづけていたのだ。雑誌の編集長だったやなせたかし先生は私のあこがれの詩人だった。年に一、二度の割合で、私の詩は選ばれて、イラストレーターが詩に合わせて描いた絵とともに、雑誌に掲載されていた。

手紙の内容は、

「やなせ先生が近々、御用があって、京都に行かれます。そのとき、できればどこかでお目にかかりたいとおっしゃっているので、ご都合をお聞かせください」

というようなものだった。

私はすぐさま雑誌社に電話をかけた。言うまでもないことだが、私の足は地面から完全に浮き上がっていた。

やなせたかし先生に、会える！

夢のようだった。中学生のころに、先生の詩集を読んで以来のファンだったのだから。

電話に出た雑誌の編集者は、こう言った。

「やなせ先生はその日、イラストレーターの永田萠さんと会う約束をしておられるので、良かったら三人で、お茶をごいっしょしましょうとのご提案です」

場所は、新・都ホテルのティールームで。時間は午後二時。これは、塾の授業が四時半から始まるという私に、お二人がわざわざ合わせてくださったのだった。

私はまるで就職試験でも受けに行くような紺色のスーツを着て、新・都ホテルに向かった。緊張のあまり体はがちがちで、頬は紅潮していたはずだ。

永田萠さんは、ふわっとしたオフホワイトのニットのカーデガンを羽織っていた。萠さんが微笑《ほほえ》むたびに、そこらじゅうに春の光がこぼれて、天使が空から舞い降りてくるようだった。やなせ先生は眼鏡の奥から、するどい目つきで、私を見つめていた。

「あなたの詩にいつも出てくる男の人は、あれはあなたの恋人ですか？」

と、先生はたずねた。

「はい。……夫です」

と、私は答えた。

ほかに、いったいどんな答えが返せただろう。その彼とは今、別居中で、別れる別れないで、大もめにもめているんです、とは、私にはとても言えなかった。

「彼の職業は？」

「コックなんです、フランス料理の」

やなせ先生はなぜか、そのことを非常におもしろがった。と、いうふうに私には感じられた。

「ほう、コックさんねえ、それはいいや……」

私はそのあとに、鉄男との出会いや恋愛の物語について、話した。もちろん、良い話しか、しなかったし、できなかった。でも、もしかしたら先生は何かに気づいていたのかもしれない。先生は、私の話が終わると、やおらこのように言った。

「あなたはとてもいい人だね。あなたがいい人で、良かったなあ」

その言葉はきゅううんと胸に染みた。

私が嘘つきで、決して、いい人ではなかったがゆえに。

鉄男の両親と、会わなくてはならない日がじりじりと迫っていた。

私の気持ちはまだ全然、決まっていなかった。いや、ほんとうは、決まっていた。「別れたい」という気持ちは、もう動かしがたいものになっていた。それなのに、その気持ちを直視し、肯定することができなかった。鉄男の両親にどういうふうに説明すれば良いのか、どういう顔をして会えばよいのかも、わからなかった。

わかっていることは、鉄男の両親の前で、仲の良いふりなどとうていできない、ということ。これだけははっきりしていた。

迷いに迷った末、岡山の両親に電話をすることにした。

岡山の両親に連絡し、私の置かれている状況を知らせる、ということは、それはすなわち鉄男との別れがまた一歩、大きく前に進むということを意味している。親をどれほど悲しませるか、迷惑をかけるか、それもわかっている。

受話器が漬け物石のように重かった。

しかし、もう事は、鉄男と私だけの問題ではすまされないところまできていた。私の両親は、その電話がかかってくる瞬間まで、何も知らなかった。私たちの生活が壊れていることも、私が家出同然の引っ越しをしていることも。

十七歳のときに私は一度、母の髪の毛が一晩でぜんぶ白髪に変わってしまうほど、親を心配させるようなことをしてしまったことがあったが、その電話はたぶん、二度めの総白髪ではなかったかと思う。

娘に爆弾を落とされたにもかかわらず、父はわりあいに冷静だった。別れたいと思っている、と言った私に、一度だけ、念を押した。

「これからはひとりでやっていくんじゃな。それでええんじゃな」

「うん」

と、私は答えた。

父はそれ以上のことは何も言わなかった。もしかしたら、心のどこかで、いつかこんな日がくるだろう、と、予感していたのかもしれない。

「ほんなら、お父ちゃんが京都へ出て行っちゃるわ」

サラリーマンの父は、会社を休んで出てきてくれるという。

母は電話には出なかった。

私と父と鉄男と鉄男の両親は、五人で会って、今後のことを話し合うことになった。

鉄男の両親が私に「なんとかもう一度、息子とやりなおしてほしい」という強い希望を抱いているということは、鉄男から聞いて、知っていた。鉄男の親戚縁者のあいだでは、浮気など男の甲斐性に過ぎず、鉄男の側よりもむしろ、私の態度に問題がある、わがままだ、そんなことで家を出るなんて、まったく我慢が足りない、結婚というものをなんとわきまえているのか、仕事などさっさと辞めて、家庭に入ったらどうか、というような意見が主流だった。そのため、鉄男の両親は私を「なんとか説得して、もとの鞘《さや》におさめよう」と意気込んでいたのだ。

待ち合わせの場所は、つい一週間ほど前に、やなせ先生と萠さんに会ったばかりの、新・都ホテルのティールーム。

私はその日の朝、岡山から出てきてくれた父を、京都駅まで出迎えに行った。

ふたりでお昼ごはんを食べて、お茶を飲み、いったい何を話したのか、まったく覚えていない。ただ、覚えているのは小柄な父の後ろ姿で、その背中を、私は一生、忘れないだろうと思った。

約束の時間が近づいていた。

私と父は並んで、駅からホテルのある八条口に出る地下通路を、とぼとぼと歩いていた。足取りは重かった。もちろん私の気持ちは足取りよりも、重かった。まるで、これから厳しい判決を受けに行く罪人みたいだった。私のことをかわいがってくれていた鉄男の両親の気持ちを考えると、重苦しさは増すばかりだった。私の父も、口に出してこそ言わないが、こんなことになってしまって、さぞ情けない気持ちでいたことだろう。

その階段をのぼって地上に出れば、すぐ目の前には新・都ホテルの玄関が見えている、という階段の下まできて、父がふいに言った。

「あんたは来んでもええ。お父ちゃん、ひとりで行くから」

「…………」

「ええから。もう帰り。あんたが来ても、話がややこしくなるだけじゃ」

おそらく、これ以上、私にみじめな思いをさせたくないと父は考えてくれたのだろう。

私は何も言えなかった。ありがとうも、ごめんなさいも、心配かけてすみませんも、そのときの私の胸の内を表現するには、あまりにも無力な言葉に思えた。ただ黙っている私を置いて、父はひとりで階段をのぼっていった。一生忘れないだろう、と思ったのは、そのときの父の背中である。


午後二時すこし前だった。

父と別れた私は、その足で職場へ直行すれば、途中からでもクーデターに参加することができたかもしれない。けれども私は、そうしなかった。そんな熱意は、ひとかけらも残っていなかった。その日は半日、欠勤届を出していたから、私は授業が始まる四時半までに出勤すればよかった。バスに乗って金閣寺へ行き、境内のベンチにすわって、煙草を吸いながらぼーっとして、時間をつぶした。

四条烏丸に着いたのは、四時過ぎだった。

ようすがおかしい！

事務所の近くまで来て、私はすぐに塾の異変に気づいた。

数人の生徒が、鍵のかかった事務所のドアの前に座りこんでいる。教室につながっている階段や廊下にも、子どもたちがあふれかえっていて、あたりは騒然としている。

講師はひとりもいない。クーデターが長引いているのか。

「ああ、小手鞠先生！」

「来た来た」

私の姿を見つけて、何人かの生徒が駆けよってきた。

「なあ先生、きょう塾、休みなんか？」

と、たずねる生徒もいる。

私はあわてて、通りをふたつ隔てたところにある貸しビルへ向かった。そのビルの二階にある大教室がクーデター決起の場所だった。

教室のドアの前まで来て、私は躊躇《ちゅうちょ》した。

このドアは一応、ノックした方がいいのだろうか？　クーデターのおこなわれている場所へ、のこのこと遅れてやってきた人間は、いったいどういう顔をして、どんな風に入って行ったらいいのだろう。「十二支」に入れてもらえなかった「猫」の心境とはこのようなものだったのか……などと埒《らち》もないことを考えながら、私はとりあえず「失礼します」と声をかけて、おずおずとドアを開けた。

その瞬間、教室のなかに集まった講師たちの視線がいっせいに私の方にそそがれ、同時にリーダー格の講師が立ちあがって、大声を出した。

「おう！　小手鞠さんも来てくれたわ！　みんな、こんなことで、ええんか！　ええわけないやろ！」

その声に呼応して、教室のあちこちから、声があがった。

「そうや！」

「ええわけないで！」

そしていっせいに、そうや！　そうや！　そうや！　の大合唱が巻き起こった。

私が教室に顔を出したことが、引き金になったことは確かだった。実際のところ、すこしあとで「あのときは小手鞠さんのおかげで、一気に尻に火が点《つ》いたんや。もうあかんと思うて、あきらめかかってたんやけど」と、リーダーのひとりから、感謝の言葉を述べられもした。

四時二十五分になっていた。講師たちは革命に燃えていても、決して、子どもたちのことを忘れてはいない。四時半からの授業を受け持っている講師は、三三五五に自分の持ち場へと散っていった。九時までの授業は、いつものようにおこなわれた。

クーデターは見事に失敗した。

塾長はクーデターの日から一週間ほど、塾長室にこもりきり（それは「籠城《ろうじょう》」と呼ばれていた）になり、授業にも姿を現さず、革命は一見、成功したかに見えた。しかし、こういう流れはクーデターにはありがちなことなのかもしれないが、裏切り者が出たのである。

とくに致命的だったのは、新塾長になるはずだった人物の寝返り。

「あいつのケツの穴があんなに小さかったとは、予想外やった」

と、ある先生は語っていたが、とにかく、新塾長の日和見《ひよりみ》主義につられて、

「まあまあここはひとつ、おたがいに歩みよって、丸くおさめましょうや」

などと言いながら、塾長と革命派のあいだを取り持とうとする玉虫色の講師がひとり、ふたり、三人と出てきて、あっというまに、連合新体制は解体し、また塾長の独裁政権が復活してしまった。

その結果、クーデターの中心人物だった三人の講師は学園を去ることになった。が、彼らは去っていくと同時に、仲の良かった講師たちを引き連れて、山川学園のあった場所（四条烏丸、醍醐、長岡京市）に、あらたに三つの塾を設立した。自分たちが担当していたクラスの生徒たちにも声をかけて、ごっそりと引きぬいていった。

そのため、山川学園は歯も空気も抜けて、スカスカの状態になってしまった。

なんて、もろいものなのだろう。

飛ぶ鳥も落とす勢いだったかつての学園を知っている私は、呆然とするしかなかっ

た。

「これからは何よりも仕事を大切にせにゃあいけんよ。女ひとりで生きていくのは大変なんじゃから。お金だけが頼りじゃぞ」

これは、離婚することになった娘に、母が贈った言葉である。まったく母の言うとおりである。

しかしその肝心の職場は、沈没してしまった。その月の給料が、支払われるかどうかも危ういというような事態に陥っている。

呆然としている場合ではない。

私はこれを機に、学園を辞めることにした。ひとりになって、ふりだしにもどって、やり直そうと思った。

仕事も、生活も。何もかもだ。

ひとつの扉が閉まるときには、別の場所でかならず、新しい扉がひとつ、開いている。そんなことわざを、たまたま読んでいた本のなかで見つけた。

これや！　と、思った。私の場合には、扉は一気にふたつも閉まったのだ。新しい扉はふたつ、どこかできっと開いているはずだ。

塾の崩壊を目のあたりにして、私は身をもって、ひとつのことを学んだ。

それは、会社や組織にしがみついているような働き方では、女ひとりでこの世の中、サバイブしていけない、ということだ。「働き方」をこれまでとは根本的に変えよう、と思った。これからは、たとえ会社がつぶれても生き残っていけるような「働き方」をしなくてはならない、と。

岡山から京都に出てきたときにひそかに抱いていた夢を、私はまだあきらめてはいなかった。夢は具体的な目標に変わっていた。私はもう十八歳の夢見る女の子ではなかった。

二十八歳の、たくましい女。

「負けへんで！」

はじめからやり直すのに、時間はじゅうぶんあった。

鉄男と最後に会ったのは、国道沿いにあったファミリーレストラン「すかいらーく」だった。まだ家に残っている中途半端な荷物をどうするか、離婚届をどっちが取りに行き、どっちが出しに行くか、というようなことをそこで話し合って、決めた。

恋人時代から、レストランといえばフランス料理店と決まっていたのに、最後がファミリーレストランというのは何だかおかしかった。

私たちはきっと、他人の目から見たら、仲良く遅い夕食をとっている恋人同士のように見えたことだろう。鉄男はハンバーグ定食みたいなものを頼んで、飾りのパセリまで残しもしないできれいに食べた。

広い肩幅、がっちりとした胸、ごつごつした指、優しくて、とびきり素敵な笑顔。私の目の前には、私がようく知っている鉄男がすわっていた。かつて、私が好きになり、夢中になり、プロポーズした男だ。でも鉄男の体のなかにはすでに、私の知らない別の男が棲んでいるようでもあった。

とても不思議な気持ちだった。

私は鉄男のことを、もうすっかり許していた。もちろん、これからは友だちとしてつきあっていきましょう、というような気はさらさらない。私の気持ちはそこまで澄みきった青空のようでは、決してない。だが、鉄男に対して、怒りの気持ちは微塵《みじん》もなかった。怒りが薄れていく過程というのは、それは鉄男への愛情が冷めていく過程でもあった。泣いたり、わめいたり、「許せない！」と怒ったりしていたときには、私は鉄男にまだまだ執着していたのだ。

コーヒーカップをつかんでいる鉄男の手を見つめながら、私は、ふたりの関係がついに終局を迎えたのだ、ということをしみじみと実感していた。

レストランを出て、駐車場で、おたがいの車に向かって歩きはじめる前に、鉄男がふと思いついたようにして、言った。

「握手して、別れへんか」

なかなかいいアイデアだと思った。

私は心をこめて、鉄男の手を握った。

「仕事、がんばりや」

と、鉄男が言った。

「塾つぶれたんやてな、大丈夫か？」

「うん、大丈夫……」

「やっぱりるいちゃんには、仕事に燃える女がいちばんよう似合うで」

「おおきに」

そうだった、私が仕事大好き人間であることを、だれよりもよく知っているのはこの人だった。あたたかいものが、私の胸のなかを流れた。いまならもう一度、やりなおせるかもしれない、そんなことさえ思った。そうした感情がただの幻影に過ぎないとわかっていながら。何か言おうと思うのだが、うまく言葉にできない。さようならの言い方とはむずかしいものだ。

鉄ちゃんの料理、おいしかったよ。

幸せになってよ。

私のこと、あれだけ泣かしたのやから、幸せになってくれへんかったら、怒るよ。

これまでのこと、ほんまに、ありがと!

楽しかったよ。

あのこともあのこともあのことも。

さようなら! 鉄ちゃん。

私は自分の車に乗ってから、鉄男が車に乗りこみ、エンジンをかけて、去っていく姿をながめていた。なぜか、そうせざるを得なかった。鉄男の車が国道に出てから、私もエンジンをかけて、車を動かした。ラジオのスイッチを入れて、音楽が流れはじめると同時に、涙が出てきた。

——イエスタデイ・ワンス・モア。

しかしそれはすでに、悲しみの涙ではない。

私はその翌日から、京都駅の裏にある書店、アバンティブックセンターで、パートの店員として働きはじめる。お金を貯めて、インドへ、四ヶ月半の放浪と冒険の旅に出るのはそれから一年後のことだ。インドからもどったあと、東京に出て行き、フリーライターになるのは二年後のことであり、この本の最初の一行を書き始めるのは十五年後のことである。

解説

吉田伸子

人は自分の人生しか生きられない。だからこそ「物語」が必要なのだと、私は思っている。では、その「物語」を紡ぎ出す作家たちは、どういうふうに生きてきたのか。作家たちが描き出す「物語」に魅《ひ》かれれば魅かれるほど、その作家の〝生の〟人生ものぞいてみたくはならないだろうか？

本書は小手鞠るいという一人の作家の〝生きてきた道〟を綴った半生伝だ。小手鞠さんのファンなら、待ってました！　という一冊では、と思う。そう、小手鞠さんの物語の後ろにある、小手鞠さん自身の「もう一つの物語」、それが本書なのだ。

本書の内容に入る前に、小手鞠さんのプロフィールについて少し触れておくと、小手鞠さんは1956年、岡山県の備前市生まれ。同志社大学を卒業後、出版社や書店に勤務した後、81年に「詩とメルヘン賞」を受賞。92年、結婚とともに米国に移住。93年に小手鞠るいのペンネームで発表した『おとぎ話』で海燕文学新人賞を受賞、05年、『欲しいのは、あなただけ』で、島清恋愛文学賞を受賞。

作家としての起点となったのは、この『欲しいのは、あなただけ』だったと思われる。それは、以後の小手鞠さんの旺盛な執筆活動からもうかがえるのだが、その執筆活動のベースとなり、また推進力にもなったのが、本書なのだと思う。本書をまず書く事で、小手鞠さんは「私はこんなふうな女です」ということを、読者にさらけ出したのだ。その潔さ。その覚悟。それはまた同時に、作家・小手鞠るいとしての決意表明だったのだと思う。これから物語を書き続けていくのだ、という自分自身への宣戦布告のようなものだったのだと思う。

さてさて、本書である。1974年、小手鞠さんが岡山から京都に出てきたところから、始まる。時に、小手鞠さん18歳。「中学時代に反体制フォークソングの洗礼を受け」た小手鞠さんは、高校一年の時に北山修の『戦争を知らない子供たち』という本で、彼のファンになり、大学生になったら北山修の住んでいる「京都へ行く」と決める。「京都でなくては、私の青春は始まらない」と思っていたからだ。この、京都生活に向ける、小手鞠さんの意気込みが何とも一途だ。地元の岡山大学に進学するものだと信じていたご両親をちゃっかりと欺き、同志社大学と立命館を受験。結果は同志社に合格。ご両親の手前、岡山大学も受験するのだが「岡山大学の答案用紙は白紙で提出した」ほどの、念の入れよう。ここのくだりは、小手鞠さんの周到さが可笑《おか》しいやら、まんまと一杯くわされた、何も知らないご両親がお気の毒やら。

そうこうしながらも、晴れて京都で学生生活を始めた小手鞠さんには、高校時代の同級生のルームメイトがいた。開業医の娘だったその同級生・まどかは、同性と一緒に暮す事を条件に、親から京都での学生生活を許されていたのだ。アパート代は折半なうえ、入居時の礼金、敷金、冷蔵庫やテレビなどの家電製品まで、まどかの家が用意してくれる、という小手鞠さんにとっては、願ってもない好条件。渡りに舟、どころか、渡りに豪華客船、といった感じだったのでは、と思う。

ところが、この豪華客船には、思いもかけないオマケが付いていたのだ。それは、まどかの彼である「ゼンゼン」。まどかと一緒に暮らし始めてわずか五日後、アパートにやって来たゼンゼンは、その夜を機に、二人が住むアパートに居ついてしまったのである。ラブラブな二人の邪魔をしないように、小手鞠さんは三人暮らしが始まってしばらくしてから、アパートのお風呂に入らずに、毎晩銭湯に通うようになる。ある夜、銭湯帰りの道すがら、ナンパされそうになった小手鞠さんは、「強くなりたい！」と願う。そしてそれは、「それから長く、私が持ちつづけることになる気持ち」でもあった。強くなりたい、強くなりたい、そう願ってふらふらと歩くうち、見知らぬ小道に迷い込んでしまった小手鞠さんは、偶然に、ウェイトレス募集の貼り紙のしてある喫茶店を見つける。洗面器を抱えたまま、その喫茶店に入って行った小手鞠さんは、翌日からその喫茶店で働き始める。夕方から夜までの勤務だったため、小手鞠さんの言葉を借りるなら「夜のお勤めが始まった」のだった。

生まれて初めて「夜のお勤め」であるウェイトレスの仕事をした小手鞠さんの感想は、「仕事って、こんなに楽しいものだったの！　知らないで損した！」だった。この感想に、小手鞠さんという人の人柄、というか、小手鞠さんを支える背骨のようなものが見える。「働いて、お金をもらうということは、今までに経験したことのない種類の喜びだった」。働いた対価にお金を貰うことを、喜びと感じられることが、どれだけ素晴らしいことか。その素晴らしさを見つけられずにいる大人たちがいかに多いことか。そのことを現実に知っている私なんかは、もう、無条件で支持したくなる。いや、大人だけではない。自分探しに余念がない、今どきの若い衆らには、この部分を太字にして、声を出して読ませたいほどだ。

この、第二話のお仕事話のラストから、小手鞠さんの「コイバナ」が出てくる。小手鞠さんが働く喫茶店の常連さんだった「増田」さんだ。大学四年で卒業を待つだけだった増田さんは、毎日竹勝商店という「竹衣桁《たけいこう》の貸しだしと、着物や帯の展示会場の設置とあとかたづけを請けおう」会社で働いていた。卒業後はそのままそこに就職していた。その増田さんと小手鞠さんは恋に落ちる。この増田さんのワンマンっぷり、というか、女はかくあるべし、という一方的な思い込みと押しつけは、読んでいて「あぁ、小手鞠さん、さっさとこんな男は見切りをつけちゃって！」とじりじりするくらいだ。小手鞠さん自身が振り返っているように、彼と付きあっていた三年間は、増田さんの〝理想像〟に「つねに苦しめられる」三年間でもあった。事実、まどかにも「るいちゃんの趣味とはぜんぜん違うやないの」「あんな猪みたいな男のどこがええの」とまで言われるのだが、そこは惚れた弱み、というか、小手鞠さんは「ただ、ストンと穴にはまるように（恋に）落ちてしまった」のだ。

この「増田さん」にピンと来る小手鞠さんのファンは多いのでは、と思う。そう、この「増田さん」こそ、『欲しいのは、あなただけ』で、主人公の十九歳の「かもめ」が好きになる「男らしい人」のモデルだ、と。作家さんの半生記を読む楽しみ、それがここにある。フィクションである物語を支えている、その作家さんがリアルに経験した、その作家さんだけのドラマ。「増田さん」との経験を、小手鞠さんがどのように物語に昇華させているかは、『欲しいのは、あなただけ』を未読の方は、ぜひ読んでみて欲しい。

さらにさらに、「増田さん」との別れを経て、出版社に就職して一年ほどした小手鞠さんが出会ったのが、「ヴィヨン」というフランス料理店で働くコックさんの、田中鉄男。コックさん、で！　となった方は「増田さん」でピンと来た方と同様、小手鞠さんのコアなファンだと思う。そう、この田中鉄男が、『好き、だからこそ』の「わたし」風子が好きになるゴンちゃんこと、大岸豪介のモデルだ、と。本書で小手鞠さんは、田中鉄男に、自分からプロポーズしている。そして、始まる結婚生活。小手鞠さんは、当時、学習塾の先生をしていたのだが、その学習塾での日々も、なかなかにドラマチックだ。セクハラ上司もいれば、今で言うモンスターペアレントのような父兄（それでも、今どきの〝モンペ〟に比べると、大人しいほうだが）もいる。けれど、何がドラマチックかといって、勤務する学習塾に、いきなり夫の不倫相手が現れたことだろう。その時の場面は、こんなふうに描かれている。「『木下と申します』／と、彼女は透きとおるような声で言った。何の根拠もないのだけれど、その声を聞いたとき、なぜだか私の胸がざわついた。／その人は生徒の母親なんかではなかった。

／鉄男の恋人だったのである」

その後の小手鞠さんと鉄男との経緯を読んで、『好き、だからこそ』の風子とゴンちゃんの物語を読むと、物語の切なさがより一層胸に迫ってくる。こんなふうに鉄男と始まって、こんなふうに鉄男と終わった小手鞠さんだからこそ、あの、風子とゴンちゃんの物語を描くことができたのだ、と胸の奥がきゅうっとなる。

鉄男との別れを決めた小手鞠さんは思う。「負けへんで！」と。小手鞠さん、二十八歳のことである。この「負けへんで！」と「強くなりたい！」、が作家・小手鞠るいの原点であり、梃《てこ》なのだ。いいなぁ、小手鞠さん。小手鞠さん、負けるな！　と思う。

もしこれから小手鞠さんの著作を読もうとしている人がいたら、私は、「まず先にこれを読んでみて」と本書をお薦めしたい。そして、記憶して欲しいと思う。作家・小手鞠るいは、こんなふうにして青春時代を駆け抜けて来たのだ、と。

――書評家

図版作成／堀内美保（TYPEFACE）
JASRAQ　出0916749-901

この作品は二〇〇〇年五月新潮社より刊行された『それでも元気な私』を改題し、加筆修正したものです。

幻冬舎文庫

●最新刊
確実に幸せになる恋愛のしくみ20
桜沢エリカ

「三十歳になったらモテない？」「好きになる人は既婚者ばかり」「年下男と上手に付き合うには？」……幾多の恋愛を経て、幸福な結婚を手に入れた著者が、悩める女性たちに恋の秘策を伝授。

●最新刊
別ればなし
藤堂志津子

かつては花形営業マン、今は閑職の杉岡と恋に落ちた千奈。だが、千奈には同棲相手が、杉岡には別居中の妻がいた。二人はそれぞれの相手に別ればなしを切り出すが……。ほろ苦い大人の恋物語。

●最新刊
スタイル・ノート
槇村さとる

人気漫画家が「あーでもない、こーでもない」と悩みながら編み出したおしゃれ、買い物、キレイのルール。自分のスタイルを確立して、柔らかく、温かく、力を抜いて暮らすためのヒント満載。

●最新刊
最初の、ひとくち
益田ミリ

幼い頃に初めて出会った味から、大人になって経験した食べ物まで。いつ、どこで、誰と、どんなふうに食べたのか、食の記憶を辿ると、心の奥に眠っていた思い出が甦る。極上の食エッセイ。

●最新刊
黒衣忍び人
和久田正明

越後国九十九藩で極秘の城改築計画が。藩内には幕府の間諜が蠢いている。お上に知られればお家断絶――。武田忍者の末裔・狼火隼人と柳生一族の死闘が始まる。血湧き肉躍る隠密娯楽活劇！

早春恋《そうしゅんこい》小路《こうじ》上《あが》ル

小手鞠《こでまり》るい

平成22年2月10日　初版発行

発行人――石原正康
編集人――菊地朱雅子
発行所――株式会社幻冬舎
〒151-0051東京都渋谷区千駄ヶ谷4-9-7
電話　03(5411)6222(営業)
　　　03(5411)6211(編集)
振替00120-8-767643
印刷・製本―株式会社 光邦
装丁者――高橋雅之

幻冬舎文庫

ISBN978-4-344-41429-7　C0193　こ-22-2